共和国故事

团结建国

——新中国经济战线的第三大战役

郑明武 编写

吉林出版集团股份有限公司

图书在版编目（CIP）数据

团结建国：新中国经济战线的第三大战役/郑明武编. —长春：吉林出版集团股份有限公司，2009.12

（共和国故事）

ISBN 978-7-5463-1765-6

Ⅰ．①团… Ⅱ．①郑… Ⅲ．①纪实文学－中国－当代 Ⅳ．①I25

中国版本图书馆 CIP 数据核字（2009）第 237708 号

团结建国——新中国经济战线的第三大战役
TUANJIE JIANGUO　XIN ZHONGGUO JINGJI ZHANXIAN DE DI SAN DA ZHANYI

编写　郑明武

责任编辑　祖航　宋巧玲

出版发行　吉林出版集团股份有限公司

印刷　三河市嵩川印刷有限公司

版次	2010 年 1 月第 1 版	2022 年 1 月第 12 次印刷
开本	710mm×1000mm　1/16	印张　8　字数　69 千
书号	ISBN 978-7-5463-1765-6	定价　29.80 元

社址　吉林省长春市福祉大路 5788 号

电话　0431－81629968

电子邮箱　tuzi8818@126.com

版权所有　翻印必究

如有印装质量问题，请寄本社退换

前　言

自 1949 年 10 月 1 日中华人民共和国成立至今，新中国已走过了 60 年的风雨历程。历史是一面镜子，我们可以从多视角、多侧面对其进行解读。然而有一点是可以肯定的，那就是，半个多世纪以来，在中国共产党的领导下，中国的政治、经济、军事、外交、文化、教育、科技、社会、民生等领域，都发生了深刻的变化，中国人民站起来了，中华民族已屹立于世界民族之林。

60 年是短暂的，但这 60 年带给中国的却是极不平凡的。60 年的神州大地经历了沧桑巨变。从开国大典到 60 年国庆盛典，从经济战线上的三大战役到经济总量居世界第三位，从对农业、手工业、资本主义工商业的三大改造到社会主义市场经济体制的基本确立，从宜将剩勇追穷寇到建立了强大的国防军，从废除一切不平等条约到独立自主的和平外交政策，从"双百"方针到体制改革后的文化事业欣欣向荣，从扫除文盲到实施科教兴国战略建设新型国家，从翻身解放到实现小康社会，凡此种种，中国人民在每个领域无不留下发展的足迹，写就不朽的诗篇。

60 年的时间在历史的长河中可谓沧海一粟。其间究竟发生了些什么，怎样发生的，过程怎样，结果如何，却非人人都清楚知道的。对此，亲身经历者或可鲜活如昨，但对后来者来说却可能只是一个概念，对某段历史的记忆影像或不存在，或是模糊的。基于此，为了让年轻人，特别是青少年永远铭记共和国这段不朽的历史，我们推出了这套《共和国故事》。

《共和国故事》虽为故事，但却与戏说无关，我们不过是想借助通俗、富于感染力的文字记录这段历史。在丛书的谋篇布局上，我们尽量选取各个时代具有代表性或深具普遍意义的若干事件加以叙述，使其能反映共和国发展的全景和脉络。为了使题目的设置不至于因大而空，我们着眼于每一重大历史事件的缘起、过程、结局、时间、地点、人物等，抓住点滴和些许小事，力求通透。

历史是复杂的，事态的发展因素也是多方面的。由于叙述者的视角、文化构成不同，对事件的认知或有不足，但这不会影响我们对整个历史事件的判断和思考，至于它能否清晰地表达出我们编辑这套书的本意，那只能交给读者去评判了。

这套丛书可谓是一部书写红色记忆的读物，它对于了解共和国的历史、中国共产党的英明领导和中国人民的伟大实践都是不可或缺的。同时，这套丛书又是一套普及性读物，既针对重点阅读人群，也适宜在全民中推广。相信它必将在我国开展的全民阅读活动中发挥大的作用，成为装备中小学图书馆、农家书屋、社区书屋、机关及企事业单位职工图书室、连队图书室等的重点选择对象。

编　者

2010 年 1 月

目录

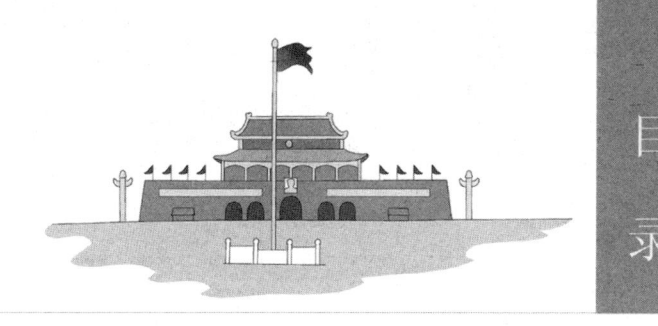

一、中央的决策

中央初步提出三大改造方针/002

毛泽东调研各类经济状况/006

中央决定实施三大改造/010

二、农业的改造

中央推行农业合作化/016

各地农民支持合作化/020

中央解决合作化过程中出现的问题/026

各行业热情支持农业合作化/031

各地掀起合作化运动高潮/038

三、工商业改造

确立工商业改造政策/044

各级积极宣传改造政策/051

民族工业实现公私合营/060

中央调整改造政策/070

全国掀起公私合营高潮/078

党的八大宣布改造完成/087

目录

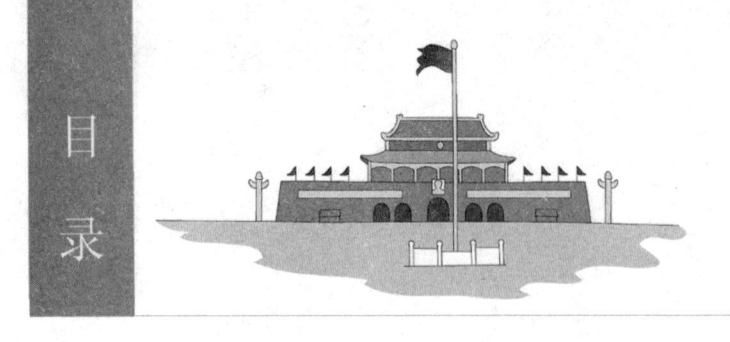

四、手工业改造

中央决定对手工业实行改造/092

个体手工业者踊跃参与/096

中央解决改造过程中出现的问题/102

中央调整改造政策/107

个体手工业改造完成/114

一、中央的决策

● 毛泽东一边吸烟一边说:"斗争有两种形式,竞争和没收。竞争现在就要,没收现在还不要。"

● 周恩来说:"那么在这期间,总还要跟资产阶级搞团结合作吧!因此不是搞垮它的问题。"

● 张玉美高兴地回答:"邢台县是老解放区,互助合作已有10多年的历史,党中央关于互助合作的方针、原则和办法符合民意,得到广大农民的拥护。"

中央初步提出三大改造方针

1948年9月的一天,在河北西柏坡,秋高气爽,看不出有任何的战争气氛,一切都那么平静。

一间普通平房里,缭绕的烟雾顺着门缝飘散,正如战场上的硝烟一样弥漫开去。

屋内,正在进行着一场新的战役的讨论,即新中国的建设问题。

当谈到如何解决资本主义工商业的问题时,毛泽东就明确地说:"斗争有两种形式,竞争和没收。竞争现在就要,没收现在还不要。"

此时,刘少奇也表示:"过早地采取社会主义政策是要不得的。"

1949年9月,中国人民政治协商会议通过的《共同纲领》进一步规定:

在必要和可能的条件下,应鼓励私人资本向国家资本主义方向发展。

1949年10月1日新中国的成立,宣告了中国新民主主义革命的胜利,从此中国进入了社会主义革命时期。如何在中国大地上建立起社会主义制度,一直是毛泽东等国家领导人经常思索的问题。

建国伊始,毛泽东、刘少奇等人就提出了继续与资产阶级进行合作的思想。

于是,我们党对过渡时期理论在中国的运用,随着经济建设和社会主义改造的顺利进行,逐渐地有了新的认识。

1950年4月13日,周恩来在全国统战工作会议上的第二次讲话中,谈到何时实现社会主义和正确对待民族资产阶级的问题。周恩来说:"我们与资产阶级是继续合作下去,还是同它搞翻?今天没有哪一个同志这样说,大家都还是说搞社会主义要15年左右。那么在这期间,总还要跟资产阶级搞团结合作吧!因此不是搞垮它的问题。"

1951年2月,中央政治局扩大会议通过决议,提出"三年准备,十年计划经济建设"的设想,要求到1952年底前完成恢复时期的各项工作,开始进入有计划经济建设的新阶段。

10月7日,周恩来在招待应邀参加我国国庆典礼的各国外宾茶话会上的讲话中指出,中国经济的发展前途是要走向工业国有化和农业社会化的。

12月1日,中央在《关于实行精兵简政、增产节约、反对贪污和反对官僚主义的决定》中指出:

从1953年起,我们就要进入大规模的经济建设了，准备以20年完成中国的工业化。完成工业化当然不只是重工业和国防工业，一切必要的轻工业都必须建立起来。为了完成国家工业化，必须发展农业，并逐步完成农业社会化。

经过全国人民的努力，1952年我国提前完成了恢复国民经济的任务。

1952年9月24日，中共中央书记处讨论关于"一五"计划的问题的一次会议，在北京隆重召开。

在听取周恩来关于"一五"计划轮廓问题同苏联方面会谈情况的汇报时，毛泽东提出了新的设想：

从现在起逐步实行向社会主义过渡，即逐步实行农业、手工业和资本主义工商业的社会主义改造，从1953年算起15年完成，而不是10年以后才过渡到社会主义。

毛泽东认为，七届二中全会提出限制与反限制的斗争问题，现在这个内容就更丰富了。

当时，党中央还专门就这个问题征求过斯大林的意见。

1952年10月2日，刘少奇率领中共中央代表团抵达莫斯科，出席苏共第十九次代表大会。

受毛泽东委托，刘少奇于10月20日写信给斯大林，向他阐述了关于中国怎样从现在逐步过渡到社会主义去的设想。

10月24日,斯大林看了刘少奇的信后,在会见中国代表团时,对中共中央的设想作了肯定的评价。

斯大林说:

> 我觉得你们的想法是对的。当我们掌握政权以后,过渡到社会主义去应该采取逐步的办法。你们对中国资产阶级所采取的态度是正确的。

斯大林的表态,对毛泽东等国家领导人无疑是一种思想理论上的支持。

于是,中央对三大改造问题,逐渐有了一个大致的改造方向和步骤。

毛泽东调研各类经济状况

1953年2月15日,农历正月初二,毛泽东离开北京,乘专列沿京汉线南下。

这是毛泽东进北京城后第二次外出视察工作。

此时,全国还处在节日的喜庆气氛之中,毛泽东之所以此时视察工作有深刻的社会背景。

当时,经过几个月的酝酿,毛泽东对于向社会主义过渡问题的思考,已经比较成熟。但他感到还需要下去作些调查,听听地方和基层干部的意见,同时也向下面一定范围的干部通通气,作些宣传。

于是,毛泽东开始南下,到武汉等地视察工作。

2月15日上午,毛泽东的专列奔驰在一望无垠的华北大平原上。北方的2月,天气比较寒冷,但车厢会议室里却春意融融。

此时,在毛泽东的专列上,邢台县委第二书记、县长张玉美被邀请到专列上,因为毛泽东想找一位县委书记了解农村互助合作的情况。

同时,在列车上,还有罗瑞卿、杨尚昆、马国瑞等同志。

会谈开始后,毛泽东向张玉美详细询问邢台县的农业互助合作发展情况。当了解到全县入社、入组的农户已占总农户的 87% 时,毛泽东又高兴又惊讶,问原因是什么。

张玉美高兴地回答:"第一,邢台县是老解放区,互助合作已有十多年的历史;第二,党中央关于互助合作的方针、原则和办法符合民意,得到广大农民的拥护。"

接着,张玉美介绍了两个村办合作社的情况。其中一个叫东川口,有 70 户,用了一个多月的时间,全村就实现了合作化,1952 年建社的当年,粮食增产 20%。

毛泽东听了十分兴奋,说:"是啊,多数农民是愿意走社会主义道路的,因为这是一条由穷变富的道路,关键是我们领导采取什么态度。这两个村群众办社的热情很高,思想发动工作搞得也不错。"

最后,毛泽东说:"看来,农业不先搞机械化,也能实现合作化,中国不一定仿照苏联的做法。"

张玉美请求对邢台县的工作给予指示,毛泽东说:"邢台是个老区,合作化可以提前。在合作化问题上,一定要本着积极、稳妥、典型引路的方法去办。"

1953 年 2 月 16 日深夜,毛泽东乘专列来到阔别 25 年之久的武汉。

2 月 17 日晚,毛泽东请中南局、湖北省委、武汉市委少数领导人一起吃饭。

在吃饭中间和饭后,毛泽东向当时任武汉市委书记的王任重询问武汉市工业、手工业和公私合营的情况。毛泽东在谈话中着重谈了向社会主义过渡的问题。

会谈中，毛泽东表示：在新民主主义向社会主义过渡阶段，要对私人工商业、手工业、农业进行社会主义改造。过渡要有办法，像从汉口到武昌要坐船一样。国家实现对农业、手工业和私营工商业的社会主义改造，从现在起大约需要三个五年计划的时间，这是和逐步实现国家工业化同时进行的。

2月19日，毛泽东又找中南局几位负责人谈话。在讲到社会主义改造时，毛泽东说：

我爱进步的中国，不爱落后的中国。中国有三个敌人，即帝国主义、封建主义、官僚资本主义，已经被打倒了，还有民族资产阶级，个体农业、手工业和文盲三个问题，当然对待这些人不能用对待前三个敌人的办法。个体农业，要用合作社和国营农场去代替，手工业要用现代工业去代替。手工业目前还要依靠，还要提倡，没有它不行。对民族资产阶级，可以采取赎买的办法。

2月21日上午，毛泽东到达安庆。

到达安庆后，毛泽东在安庆有关同志的陪同下，对安庆进行了视察。

视察中，毛泽东关心群众的生产、生活。他走到群众的菜地，一边走，一边说着蔬菜的名字，并向安庆的地方干部询问群众的生活情况。

一次，时任安庆地委书记的傅大章等人正准备汇报工作，毛泽东说："今天不要你们汇报，你们有什么问题可以提出来，随便谈谈。"

傅大章说："土地改革后开始搞合作化缺乏经验，希望中央组织人到苏联参观一下。"

毛泽东说："自己要在实践中创造经验，各有各的情况，到苏联参观的人太多了，人家也不方便。"

当谈到土改后开展互助合作运动的情况时，毛泽东指出要搞好革命的转变问题。

毛泽东形象地扳着指头数着说："假如说，新民主主义革命有10项任务，现在已经完成了7项或8项，那么要不要等到把这10项任务都做完了，再去搞社会主义呢？不是的，只要基本条件成熟了，就可以开始进行社会主义革命工作。我们是革命阶段论者，但两个阶段不能截然分开。"

一路上，毛泽东向江苏省、天津市以及其他一些城市的负责人着重了解经济情况。

通过这次视察和调研，毛泽东对向社会主义过渡有了更为翔实的想法。

中央决定实施三大改造

1953年春,中共中央委派中央统战部部长李维汉带领调查组,到武汉、南京、上海等工业比较集中的城市进行调研。

调查组成员还包括中央统战部的郑新如、黄铸及国家计委的勇龙桂等同志。

调查组在李维汉的带领下,始终以国家资本主义为中心,深入调查了建国后头三年私人资本主义的发展变化,总结了工业方面国家资本主义的发展经验。

从4月中旬起,调查组在武汉工作半个月,听取了武汉市各有关部门对武汉私营工商业问题的汇报,并同中南局和市委负责同志进行了一次座谈。

在汇报和座谈中,与会同志对武汉私营工商业提出了一些问题、意见和建议,希望反映给中央。

4月下旬,调查组从武汉乘船到上海。

上海财经、行政部门和工会的负责同志,向调查组提供了有关资本主义工商业的大量材料并提出意见,使调查组加深了对国家资本主义这一主题的认识。

在上海的座谈会上,李维汉作了几次重要讲话,这对调查组思想的形成和明确起了决定的作用。

上海调查之后,调查组又到南京、郑州、济南作了一些补充调查。

通过调查研究，调查组对新中国成立后私人资本主义的变化和国家资本主义的发展及其地位、作用等重大问题，获得了明确的认识。

1953年5月27日，李维汉向党中央呈送了他带领调查组在上海、南京、武汉等地调查后，写出的《资本主义工业的公私关系问题》的报告。

这个报告详尽地分析了各种形式的国家资本主义的地位、作用之后，明确指出：

> 国家资本主义是利用、限制、改造资本主义工业，将其纳入国家计划轨道，使资本主义工业逐步过渡到社会主义的主要形式；公私合营是国家资本主义的高级形式，最有利于将私有企业改造成社会主义企业。

报告还指出，随着企业的改造，这些企业中的资产阶级分子也可以得到改造。

看到这个报告后，毛泽东非常重视，他亲自打电话给李维汉说："报告要提交政治局讨论。"

毛泽东还专门为这次会议准备了发言提纲。毛泽东在提纲中是这样写的：

> 总路线是照耀一切工作的灯塔……

有所不同和一视同仁，公私兼顾。劳资两利和发展生产，繁荣经济。前者管着后者。

……

党的任务是在10年至15年或者更多一些时间内，基本上完成国家工业化和社会主义改造。

所谓社会主义改造的部分：农业、手工业、资本主义企业。

对于从资本主义逐步过渡到社会主义的认识，社会主义成分是可以逐年增长的，资产阶级的基本部分是可教育的。

1953年6月15日，正是农历五月初五端午节，刚刚进入夏天的北京，早已烈日炎炎、酷热难当。

然而，共和国的领袖们却不畏酷暑，为着共和国的昌盛而辛苦忙碌。

就是在这一天，中共中央在北京隆重举行政治局扩大会议。

参加这次会议的有中央政治局委员、候补委员以及中央各部门的主要负责人，还有北京、天津、上海、沈阳、重庆、武汉、广州等十大城市的市委书记。

这次会议是党领导全国各族人民完成国民经济恢复后，为实现从新民主主义到社会主义的转变，把落后的农业国变为先进的工业国而专门召开的。

在此次会上，毛泽东、刘少奇、周恩来、邓小平等在会上发表了重要讲话，肯定了统战部部长李维汉关于对资本主义工商业进行改造的调查报告。

在会上，毛泽东还对党在过渡时期的总路线和总任务的内容作了比较完整的表述。他说：

> 党在过渡时期的总路线和总任务，是要在10年到15年或者更多一些时间内，基本上完成国家工业化和对农业、手工业、资本主义工商业的社会主义改造。

毛泽东关于过渡时期总路线的这一建议，为中央政治局所接受，并开始作为党的总路线正式向下传达。

1953年12月，由中共中央宣传部拟定、经毛泽东修改和中共中央批准的《为动员一切力量把我国建设成为一个强大的社会主义国家而斗争——关于党在过渡时期总路线的学习和宣传提纲》，对总路线做了更为完整的表述：

> 从中华人民共和国成立，到社会主义改造基本完成，这是一个过渡时期。党在这个过渡时期的总路线和总任务，是要在一个相当长的时期内，逐步实现国家的社会主义工业化，并逐步实现国家对农业、对手工业和对资本主义工商业的社会主义改造。这条总路线是照耀我

们各项工作的灯塔。

1954年2月6日,刘少奇代表中共中央政治局向七届四中全会作报告。刘少奇说:"1953年,我国进入有计划的经济建设时期,并开始执行第一个五年建设计划。"

中共中央政治局认为,在这个时机提出党在过渡时期的总路线是必要的和适时的。

2月10日,七届四中全会通过决议,批准了中共中央政治局提出的党在过渡时期的总路线。

过渡时期总路线的批准,促进了对农业、个体手工业和资本主义工商业改造的顺利进行。

二、农业的改造

- 危难之际，中共饶阳县委响应党中央和毛泽东关于"组织起来"的号召，提出"组织起来，生产度荒"的口号。

- 老张笑着对陈永贵说："永贵，听说这里已试办了农业生产合作社，把地界都刨啦！"

- 许鸿基着急地说："这样下去怎么能多生产农业机器，支援农业合作化运动呢？"

中央推行农业合作化

1951年9月9日,中共中央第一次农业互助合作会议在北京隆重召开。出席会议的有部分中央局、省委的代表和中央有关部门的同志。

经过讨论,会议通过了《中共中央关于农业生产互助合作的决议(草案)》。

"决议"明确提出:

根据土改后农村的具体情况,要克服农民分散经营中所发生的困难,使广大贫困农民迅速走上丰衣足食的道路。国家得到比现在多的商品粮和工业原料,同时提高农民的购买力,使工业品有广大的销售市场,必须提倡"组织起来",按照自愿互利原则,发展农民互助合作的积极性。

12月,中共中央通过了《中共中央关于农业生产互助合作的决议》,以草案的形式发给各级党委试行。

其实,中共中央对农业进行社会主义改造的观点在解放前就出现了。

1943年10月,毛泽东在陕甘宁边区高级干部会议上

作的《论合作社》的报告,就曾高度评价了农业生产中的互助合作运动。他说:

> 今年边区在发展生产上又来了一个革命,这就是用合作社的方式把公私劳动力组织起来,发挥了群众的生产积极性,提高了劳动效率,并大大发展了生产。
>
> 如果不进行从个体劳动转移到集体劳动的生产方式的改革,则生产力还不能获得进一步的发展。因此,建设在以个体经济为基础,不破坏个体的私有财产基础的劳动互助组织,即农民的农业生产合作社,就是非常需要了。只有这样,生产力才可以大大提高。
>
> ……
>
> 这个办法可以行之于各抗日根据地,将来可以行之于全国。这在中国经济史上是要大书特书的。

1943年,冀中平原遭受严重旱灾,收获无几,加之日本侵略军经常"清剿扫荡",冀中抗日根据地军民生活异常艰难。

危难之际,中共饶阳县委响应党中央和毛泽东关于"组织起来"的号召,提出"组织起来,生产度荒"的口号。

耿长锁带头响应，他动员、组织五公村卢墨林、李砚田、乔万象3户贫农成立了土地合伙组，全组共22人，40亩地。

在没有牲口大车和农具不全的情况下，耿长锁带领土地合伙组的成员苦干巧干、历尽艰辛，为了粉碎敌人的抢粮企图，采取快收、快打的方法，第一年就获得了丰收，亩产量超过了一般中农户。他们还利用农闲之机开展打绳作业，为全县"组织起来，生产度荒"树立了榜样。

耿长锁等人的行为，有力地支持了抗日战争，使五公村成为冀中平原上的红色堡垒村，他所建立的土地合伙组被誉为"冀中花开第一枝"。

全国解放后，特别是全国各地土改完成以后，全国农民对农业合作热情高涨起来。

1949年底，解放较早的东北，很快完成了土改。然而，土改不久就出现了买卖土地、雇佣剥削、放高利贷等现象。这是因为中国是个农业大国，小农经济力量薄弱，又是小商品经济，其生产受到市场流通和交换的制约，这就决定了个体农民的经济地位极不稳定，多数人贫困破产，少数人发财致富，发展的结果必然出现两极分化。

随后，山西和其他地方也都在一定程度上出现了这种问题，个体农民力量的单薄已经制约了农村的发展。

针对此问题，党中央非常重视，毛泽东指示有关同志准备召开互助合作会议。

1951年9月,毛泽东提议召开的全国第一次互助合作会议,专门研究在农村开展互助合作问题。

12月15日,毛泽东起草中共中央关于印发9月会议草拟的《中共中央关于农业生产互助合作的决议(草案)》的通知,要求各地:

> 即照此草案在党内外进行解释,并组织实行。这是在一切已经完成了土地改革的地区都要解释和实行的,请你们当做一件大事去做。

1952年8月至9月,中共中央委托中央政策研究室召开全国第二次互助合作会议,对《中共中央关于农业生产互助合作的决议(草案)》进行修改,并讨论如何办好农业生产合作社的问题。

《中共中央关于农业生产互助合作的决议(草案)》广泛传达以后,到1952年初,毛泽东关于农业合作化的思想在党内逐渐占了主导地位,农业合作化开始在农村推行起来。

各地农民支持合作化

1952年11月,宣传部门组织从苏联参观回国的农业劳动模范,对集体化农业的好处进行了广泛的宣传。

全国全面丰产模范耿长锁说:"苏联集体化农业的好处说不完。我们那里常受旱涝的威胁,但在苏联,坡地不旱,洼地不涝,都长得好庄稼。因为苏联不靠天吃饭。斯大林改造自然计划改变着气候。防风护田林带、水渠和人造雨,使土壤保有充足水分。这是我们亲眼见到的。"

吉林韩恩农业生产合作社的领导人韩恩说:"一看苏联农村,就觉得我们的道路是广阔的。我们的农业生产合作社就是初步的集体化。苏联的集体农场是由无到有,由小到大。只要大家努力,集体化农业离我们是不远的。"

全国著名的农业丰产模范李顺达说:"苏联集体化的农业真好。苏联地大,经过集体化之后,把土地集中起来,能够充分地使用劳动力和机器。从苏联的经验看来,要集体化就要把小块土地连成大块,要制造大机器,要把劳动力组织起来。"

这些宣传对农村合作化运动的开展起到了很大的促进作用。

经过宣传，全国广大农民开始积极支持农业合作化了。

1952年底，大寨村党支部书记陈永贵接到通知，昔阳县委指派他到晋中地区参加培训，学习办初级农业合作社的方法。

在去晋中地区的路上，陈永贵看到有些村庄成百上千亩的土地连在一起，三十一伙、五十一群的农民正在地里施肥整地，偶尔还能看见一两部拖拉机在田地里忙碌，翻起一行行黑色的土块，抽水机则"哗哗"地在往地里灌水。

这下可把陈永贵吸引住了，他惊奇地问坐在身旁的老张说："老张，这儿的农民怎么有这么多的土地，一块地就有上百亩？"

老张笑着对他说："永贵，听说这里已试办了农业生产合作社，把地界都刨啦！"

陈永贵一听，对农业生产合作社更加感兴趣了。

一到目的地，陈永贵迫不及待地找到接待的同志，要他介绍办农业生产合作社的经验。

培训结束以后，陈永贵立志在大寨办好农业生产合作社。他怀着激动的心情踏上归途。

接下来，陈永贵主动带领大家学习《中共中央关于农业生产互助合作的决议》。

经过几天的学习，大寨人对农业生产合作社有了初步的认识。一张张入社申请书像雪片一样飞到陈永贵和村支部委员们的手里。

有的村民特意到陈永贵和支委们的家里表示入社的决心。

大伙立即推派陈永贵、梁便良、贾进才和老贫农贾耕云,到县里去申请办社。可是,陈永贵他们一到县里,却被上面派来的办社工作队队长泼了一瓢冷水。

办社工作队队长说:"上级决定昔阳县先办3个试点社,你们要办,年后再说,现在可不能乱来。"

这意外的消息,使大寨人从头冷到脚,大家都噘着嘴,生气地说:"众人拾柴火焰高,组织起来力量强,办社是走社会主义道路,为什么偏要等到以后呢?"

陈永贵看到大家这样迫切要求办农业生产合作社,就打算组织村民们先试着办一个,也可以积累一些经验。

陈永贵把自己的想法告诉村里的大队干部和群众,大家一致赞成,并决定马上做办社的准备工作。

但是,要做办社的准备工作,还得有一个能写会算的人当会计。大寨村的人,在旧社会里都是靠扛长工、打短工过日子的,都没进过学校门,有的连自己的名字也认不上来。逢年过节写副对联呀,农具上写个字呀,都要去请人代写。现在没有个会计,大家的心里都急起来了。

会计到底叫谁担任呢?陈永贵想起了贾承让。

贾承让是贫农的儿子,在旧社会里扛过10多年长工,下过三四年煤窑,讨过几年饭,解放后念过3个月的冬学。

陈永贵找到贾承让，对他说："承让，你先干起来，在干中学嘛！"

贾承让接受了大队的任命，并且开始认真学习有关会计的知识。

贾承让不会打算盘，就虚心地向会的人去学，记账遇到不会写的字，就画上个记号，总算把账记了下来。

办社的准备工作做好后，秋收也已完毕。

这一天，大寨的村民像过节日一样，在陈永贵、梁便良、贾进才的带领下，排着队，敲锣打鼓，欢天喜地，捧着用大红纸写的申请书再次到县里去申请办社。

这次，县里同意大寨村办农业生产合作社。但是入社的农户限制在 30 户以内。

批准办社的消息传到大寨，大家都很高兴，但又听说只批准办 30 户的小社，大家的心里又像吊上了一块石头。

在党支部里也引起了一场激烈的争论。陈永贵、梁便良、贾进才等多数干部认为，互助组就有 49 户了，办社只能扩大，不能缩小，要办，49 户就得一起参加。

可是副村长李志福认为："办社是新鲜事儿，宜小不宜大，上级既然只批准办 30 户，咱就只能依照上级的意思办事，不能乱来。"

梁便良坚决不同意，他对李志福说："照你的意思，剩下的 19 户怎么办呢？"

李志福说:"剩下的叫他们再在外面干一年互助组,等合作社巩固以后再进来。"

贾进才插嘴说:"咱大寨村的人要像一家人一样,紧紧地团结在一起,你说说叫谁参加,叫谁不参加呢?"

李志福说:"这件事情由支部决定,这有什么难处理的呢?"

贾承让说:"我看这样不妥当,办合作社是走共同富裕的道路,咱不能只顾自己吃肉,让人家去啃骨头。"

李志福说:"那有什么办法呢?上级只批准30户。依我看,还是照上级的意思办事保险……"

陈永贵正要发言,忽然门外拥进一批人来,他们都是为要求入社而来的。顿时,一个小小的会议室被挤得满满的。

老贫农李喜庆说:"永贵,听说县里只批准办30户的小社。俺家可一定要算上呀!"

贫农赵庆生夫妻俩都说:"永贵,咱一家子的死活算是交给社里了,离开了集体,俺就没法生活,俺们这次一定要入社!"

村民赵大和说:"毛主席号召办合作社,咱大寨人对毛主席的号召可要积极响应呀!"

贾耕云说:"要富裕,就得让大家共同富裕,要参加,就得大家一起参加!"

接着,在喜庆的锣鼓声中,大寨村召开农业合作社成立大会,大家兴高采烈地选出合作社的领导班子。

与大寨一样，为响应国家农业合作化的政策，当时很多地方的农民都积极支持农业合作化运动，并纷纷加入农业合作社。

在"决议"的指导下，农村中农民的个体经济有了发展，而互助合作运动也有了一定的发展。

1950年全国组织起来的农户占全国总农户的10.7%，到1951年，全国组织起来的农户已达19.2%，其中互助组430余万个，农业生产合作社400多万个。

1952年，由于全国土地改革基本完成和农村中广泛开展爱国主义增产节约运动，农业生产有了一定的恢复和发展，互助合作组织也迅速发展起来。

1952年全国共有互助组803万个，参加的农户为4500万户，占全国农户总数的40%。每个互助组平均5.7户，比1951年平均4.5户增加了1.2户。

各地对参加合作社的热情大大推动了农业合作化运动的顺利进行。

中央解决合作化过程中出现的问题

1953年3月8日，中共中央在听取了中央农村工作部关于当前农村情况的汇报后，决定对农村的互助合作运动进行整顿。

中共中央于当天发出了《对各大区缩减农业增产和互助合作发展的五年计划数字的指示》。"指示"指出：

> 在互助合作方面，计划订高了，势必发生急躁冒进，贪多贪大，盲目追求高级形式与强迫命令形式主义。目前无论在老区，如华北等地，或新区，如四川等地，均已发生了"左"倾冒进的严重现象，如不立即有效制止，将招致对生产的破坏。

原来，在1952年我国农村互助合作运动发展的这个小高潮时，由于发展速度太快，出现了一系列的问题，有人称之为"小冒进"。

当时，由于某些干部中存在着单纯任务观点，在不少地区产生了盲目追求高级形式和数字的形式主义的偏向。

这些干部不从生产出发，甚至有的人只是为了完成组织起来的数字任务,不去耐心教育农民,而是采取简单生硬的办法,威胁和强迫群众编组。

这种做法严重违反了自愿两利原则,在群众中造成不良的影响。也有的互助组和生产合作社脱离农民的觉悟程度,盲目追求高级形式,使生产和农民生活都受到很大影响。

在华北,当时不少地方在办社中存在着"宁多勿少,宁大勿小""越多越好,越大越好"的错误思想,因而违反农民自愿原则,胡乱地多办社、办大社。

有的地方为了集中骨干建社而拆散了互助组,把许多组员丢在社外单干。

盲目追求公共财产的现象也是严重的。长治地区新建的千余个农业生产合作社中,有70%将牲口、农具等全部归社公有,有的甚至连棺木寿材、老羊皮袄也归了社。

片面追求农业合作化的高速度的行为,在群众中引起思想混乱,造成生产上的损失。不少地方一冬无人拾粪,副业生产无人搞,场里、地里庄稼无人收拾,牲口无人喂,有的地方已发生卖牲口、砍树、杀猪、大吃大喝现象。

在河北大名县一个叫文集的村子,为了建大社,把该村所有的磨粉工具和大车全部控制在社里,以不入社就不准使用的办法强迫群众入社。

大名县六区老庄朱秀亭社扩大时,一个区干部在群众会上说"我把合作社的好处都给你们讲完了,你们再不入社就没有理由了。不入社,以后社里不借给你东西使,由你自己打井",威胁群众入社。

强迫入社的结果,导致群众生产情绪低落。

四区小龙杨文选社,并社前,社员生产都很起劲;盲目并成144户的大社后,冬季积肥和副业生产搞不起来,社员闲了一冬天,社里的20多垛花生秧子和一堆堆的谷子都丢在村外场里,任风雪飘没,无人经营。

五区小寨张遂学社扩大后,运输歇业,磨粉数量较1951年冬减产50%,积肥数量也大为减少,社内的61头牲畜因缺草料都饿瘦了。

同时,华东、华中等地在农业合作化中也出现了一些问题,互助组和合作社在经营管理方面也存在许多问题。主要是对社员干涉过多,不分大活小活,不分农忙农闲,盲目强调集体,"吹哨集合,插旗干活","人马不到齐,锄头不落地",结果造成"集体劳动找工难"。

另外,不顾群众的习惯和经验,不顾生产需要,盲目推行复杂的计工算账办法,如"四定""标准工"等,结果造成"活好干,账难算,互助组太麻烦","评工记分就是不让睡觉"。

这些都对农业的发展造成了不利影响。

农业合作化运动中出现的这些问题,引起了党中央的高度重视。从1953年初起,中央采取了一系列措施,开始对这些问题进行整顿。

1953年2月15日，中共中央正式通过了《关于农业生产互助合作的决议》，提出了指导农村工作必须掌握的理论认识、政策原则和工作方法，指出在农业合作化问题上既要反对消极态度，又要反对急躁态度。

3月14日，中央在批复《中南局关于召开全区试办农业生产合作社座谈会的报告》的指示中指出：

中央同意中南局送来关于纠正试办农业生产合作社中急躁倾向的报告。在这方面如果采取急躁冒进态度，上级计划过大，要求过高，必使下面发生强迫命令现象。结果不仅影响农业生产降低，而且将要影响我党与农民关系，影响工农联盟之巩固。

3月16日，《中共中央关于春耕生产给各级党委的指示》又指出：

为正确地组织领导农民，发挥农民的生产积极性，必须切实纠正农业生产互助合作运动中正在滋长着的急躁冒进倾向。

…………

必须提醒同志们，在组织互助组、合作社时，不要忘记从群众的觉悟水平与切身体验出发，从群众的实际要求出发，从小农经济的生产现状出发，正确地解决农民的个体利益与公共利益的结合问题，稳步地循序而进，任何急躁冒进的方针都将挫败广大农民的生产积极性，都将损害春耕生产工作，因此都是极有害的。

3月26日，《人民日报》发标题为《领导农业生产的关键所在》的社论，再次重申了上述观点。

由于发现问题及时，加之采取了上述措施，全国农村出现的在互助合作问题上的急躁冒进倾向，到1953年6月基本得到纠正。

纠正冒进的结果，使农民生产情绪安定下来，原部分地区卖土地、卖耕畜、杀猪宰羊、伐树等混乱现象已停止，抗旱播种的任务已顺利完成。

同时，干部认识了冒进对工作的危害，开始转变重社轻组的错误认识。

于是，曾消沉一时的互助组又开始活跃起来，并有了发展。

各行业热情支持农业合作化

1955年底,全国农业合作化运动的大发展,向地方工业提出了一个迫切的新任务。

它要求地方工业企业供应农业更多更好更便宜的新式农具、农业机器和化学肥料,大力支援农业合作化运动。

正是因为这样,工人报纸和以工人读者为主要对象的报纸,就动员地方工业部门的职工群众发挥更高的积极性和创造性,充分发挥本企业的潜力,制造出大量质量好、价格低的新式农具、农业机器和化学肥料。

在这方面,《石家庄日报》做了不少的努力。

1955年11月至12月,《石家庄日报》大力宣传了工业必须支援农业合作化运动的重要性和迫切性,反复地解释了地方工业和城市手工业必须为农村经济服务,必须大力支援农业合作化和农业生产的方针。

在这期间,《石家庄日报》先后发表了社论、专文和一些工厂领导人员所写的文章,来说明工业和农业互相支援和互相得到发展的道理,说明合作化对工业生产所提出的新的要求。

报纸还指出,1956年各地农村对石家庄市制造的锅驼机的需要数量,超过当年全部生产的50倍,而目前工业生产的水平却远远赶不上各地农民的要求。报纸因此号召工业部门，首先是地方工业部门，迅速地赶上去，尽最大的力量来满足和支援农业的迫切要求。

在阐述这些道理的同时，《石家庄日报》反映了许多工厂的工人群众支援农业合作化运动的情况，运用当地事例来鼓舞工人群众的生产热情。

报纸上有关工业支援农业合作化的稿件，在11月14日到12月10日不到一个月内，一共有30多篇。

在这些稿件中，有的报道了石家庄市许多国营农具和农药工厂职工为支援合作化运动而展开的增产节约和劳动竞赛运动，有的报道了石家庄动力机械厂职工热烈响应北京农业机械厂职工提出的支援农业合作化的厂际竞赛倡议的情况。

为了更好地发挥工业部门在支援农业合作化中的作用，《石家庄日报》还抓住发掘地方工业生产潜力的问题，进行了宣传。

这个报纸除在评论中阐述了地方工业提高生产的可能性和提高生产的方法外，还报道了石家庄市机械工业中的7个单位，为了生产更多更好的农业机器，开始组织协作生产。用这种方法，第二年石家庄市锅驼机的产量，将比当年动力机械厂实际生产的数量增加7倍，双轮双铧犁的数量将增加80%。

通过这些报道，报纸帮助工业部门认识到生产潜力在什么地方，认识到应该怎样挖掘生产潜力。

《石家庄日报》在动员地方工业支援农业的宣传中，还注意运用现有的良好经验来推动工作。

以中共石家庄市委宣传部名义发表的《石家庄动力机械厂怎样宣传贯彻地方工业为农村经济服务的方针》一文，就具体地介绍了动力机械厂的党组织怎样针对本厂职工的思想情况和生产实际进行宣传教育，使职工认清自己生产的农业机器对农业生产和合作化运动的作用，认清它对于鼓励农民参加合作社的积极性和促进农业的社会主义改造运动的作用。

这篇文章不只是肯定了动力机械厂党组织的工作经验，而且向其他地方工业企业中的党组织，提供了在合作化运动的新形势下进行政治思想工作的一个方法。

当时，农业合作化这一伟大的社会主义革命运动，正在很快地向前发展着。工人报纸和城市报纸在动员工人完成和提前完成工业生产任务的同时，还注意进行农业合作化和工农联盟的宣传，使广大职工了解农业合作化运动向工业部门和工人阶级提出的迫切要求，从而积极地为支援合作化而努力生产，努力工作。

同时，为了把中央宣传农业合作化的文件和书籍及时广泛深入地发行到城市和农村，做到家喻户晓，以有力地配合农业合作化的新高潮，新华书店总店制订了"关于动员全店做好宣传农业合作化书籍发行工作计划"，并将其列为从1955年11月起到农历春节期间的压倒一切的中心任务。

根据这个计划，毛泽东的著作《关于农业合作化问题》要发行到2000万册。《中国共产党第七届中央委员会第六次全体会议（扩大）关于农业合作化问题的决议》要发行到1500万册。

要求做到，在城市机关、团体、学校、工厂、市民中广泛发行，在农村县、区、乡工作的凡可能阅读的人，基本上人手一册，对每个村、每个农业生产合作社、农村俱乐部、农村图书室至少供应一本，此外还须积极满足互助组的需要。

与此同时，为了保障农业合作化的顺利完成，工业部门积极生产农业机械满足农业生产。

1955年11月，在西安农业机械制造厂里，职工们正以自己的劳动来支援农业合作化运动。

西安农业机械厂从当年才开始生产双轮双铧犁、十二行播种机和马拉割麦机等大型农具。

在开始的时候，工人掌握不了操作技术，生产出的产品不合规格。职工们就组织"技术研究会""废品评议会"，努力学习兄弟厂的先进生产经验，提高自己的技术，从而在当年第三季度就超额完成了国家计划。

毛泽东《关于农业合作化问题》的著作和《中共中央关于农业合作化问题的决议》的发表，更加鼓舞了西安农业机械厂的职工。

职工们问自己："农业的社会主义改造的高潮就要到来了，作为生产农业生产资料的工人，能够站在这个运动的外面吗？"

"当然不能。"

为了适应农业合作化新高潮的需要，必须生产更多、更好、更便宜的农具，全厂从领导、工作人员到工人，都行动了起来。

各级领导人员和管理人员逐项审查了成本和工时计划，提出了在第四季度计划的基础上，降低成本1.5%，平均缩短工时定额5%，增产50部收割机和100部播种机。

各车间的工人都制定了自己的保证条件，以便争取完成和超额完成新订出的生产计划。

在铸工车间里，绝大部分工人都在积极学习科毛娃的先进经验。科毛娃负责生产大型农具的零件。在这个车间里，生产每一个零件都需要用7种以上的工具，如果每个铸工每天生产300个双轮双铧犁上的零件，那就需要300次使用这7种工具。别的铸工没把工具放在固定的地方，现用现找，很多时间都浪费在找工具上了。

科毛娃根据生产的次序，把工具排列起来，用时随手可以拿到，用完再放回原处。

这样，科毛娃每生产一个零件就比别人快一分钟，总产量总是比别人高10%左右，质量也比较好。

但是，开始的时候，科毛娃的经验没有引起别人的注意。因为在别人的印象里，科毛娃只是一个刚刚出师的三级工人，按老师傅们的说法，他还是个毛娃娃哩。

后来，大家认识到，只有学习他的经验才能增加产量和提高质量。

于是，新的成绩出现了。

在10月份，就有10种双轮双铧犁和播种机上的零件的日产量超过了这个厂的最高纪录。双轮双铧犁上的"犁床"，过去每人每天最多生产79个，后来每人每天可以生产120个。

在机工车间里，工人们也想出了提前完成计划的办法。

许鸿基本来是做调节丝母工作的，当时因为刀具供应不上，才被调到刀具室工作。

开始的时候，许鸿基每天只能磨10多把刀，不能满足生产需要。

许鸿基想：这样下去怎么能多生产农业机器，支援农业合作化运动呢？

于是，他便努力钻研，改进了操作方法。方法改进后，许鸿基每天可以磨60把刀，并且每月还能节约价值四五十元的刀具原料。

机工朱文营改进了调节丝杆的操作方法，两个人用20天的时间完成了3个人一个月的工作量。

在支援农业合作化运动的生产中，许多过去不够积极甚至落后的工人也积极起来了。

铸工李玉万过去一直完不成生产计划，自从读了毛主席的报告以后，生产积极起来了。他生产的闸销座零件由过去日产 320 个提高到 450 个。

钳工老师傅曹光炎检讨了过去教徒弟不耐烦的思想，保证今后一定把自己的技术耐心地教给徒弟。因为他知道了：要支援农业合作化运动，必须大家努力，徒弟不掌握技术就不能做好工作。

10 月，西安农业机械厂的全体职工超额生产了 130 部双轮双铧犁。

同时，西安农业机械厂还计划在 1956 年把每部双轮双铧犁的成本再降低 23 元，并开始生产棉花播种机。

与工业部门一样，其他部门也在为农业合作化提供各种各样的帮助。

在当时，教育部门积极培养农业技术人员，解放军官兵支援农村劳动，等等，这些都为农业合作化高潮的到来提供了条件。

各地掀起合作化运动高潮

1955年9月,为了进一步推动农业合作化运动,毛泽东开始着手编辑《怎样办农业生产合作社》一书。

这本书收集了讲述各省、自治区、直辖市办社实例的文章共121篇,绝大部分材料是1955年1月至8月的,一小部分是1954年下半年的,由毛泽东亲自主持选编,目的是推动农业合作化运动的开展。

9月25日,毛泽东为该书撰写了第一篇序言,并印出400本样本,发给参加10月4日到11日召开的党的扩大的七届六中全会的中央委员和各省委、区委、市委及地委的负责同志。

《怎样办农业生产合作社》一书发给七届六中全会与会同志征询意见后,毛泽东又主持对该书进行了重编。

毛泽东在序言中说:

1955年下半年,中国的情况起了一个根本变化。中国1.1亿农户中已有60%以上,即7000多万农户加入了半社会主义的农业生产合作社,这件事告诉我们,只需要1956年一个年头,就可以基本上完成农业方面的半社会主义的合作化。再有三到四年,即到1959年或1960

年，就可以基本上完成合作社由半社会主义到全社会主义的转变。

毛泽东主编的这本书，1956年1月由人民出版社公开出版，仅汉文版就发行了150多万册。

走合作化的道路，就是广大农民走向幸福的道路。在党和政府的领导和教育之下，广大农民已经认识了这条道路。

当《中共中央关于农业合作化问题的决议》和毛泽东的报告传到农村后，农民们是多么欢欣鼓舞啊！

一个老太太拍着胸脯说，她一定要听毛主席的话，参加合作社；一个老大爷举起双手表示拥护党中央的决议。

农民说，听了毛主席的话，"真像干旱了3个月的小苗淋上了一场透雨，也像腊月三十夜里走路看到了一盏明灯"。

这本书的出版，对我国的农业合作化运动起到了极大的促进作用。

从1955年冬开始到1956年，加速合作的群众运动的浪潮像海啸一样奔腾而来，席卷了整个中国大地。几个月的时间，各地的合作化运动迅速完成。

1956年1月中旬，山东全省入社农户达810万户，占全省农户总数的75%。

此时，山东全省新建立的9万多个农业生产合作社绝大部分已经完成牲畜、农具、土地等生产资料的处理工作，建立了以贫农和下中农为核心的生产管理委员会。

许多新社已经制定了社章和1956年的农业生产计划。

各级党委和政府领导部门除了继续进行新老农业合作社的整顿巩固工作和再发展一批新社外，正在试办高级阶段的农业合作社。

与此同时，到1月份，广西省加入农业生产合作社的农户已经达到全省农户总数的86.21%，基本上实现了半社会主义的农业合作化。

桂西邕宁、宜山等29个县的壮族、汉族农民聚居区，入社农户已占农户总数的95%以上，农业合作化基础较好的平乐专区已全部实现半社会主义的农业合作化。

当时，全省新建立的高级社也由192个增加到2000多个。

中共广西省各地委、县委和区委普遍召开了农村合作化工作会议。根据各地农民群众入社的要求，重新修订了农业合作化发展规划，决定把全省现有7万多个小的农业生产合作社合并为1.5万多个社，使一乡数社变为一乡一社。

1956年10月，湖北省高级农业合作化运动已经形成高潮。

到10月中旬止，著名的粮棉高产地区江汉平原以及襄阳、孝感等专区40多个县，已经实现了高级农业合作化。

黄冈、宜昌等专区的升级并社工作，已经全面铺开。

鄂西恩施山区正结合当前生产，积极宣传政策，训练干部，进行准备。

在当时，湖北省原有的6.5万多个高级的和初级的农业生产合作社，当年在发展农业生产、开展多种经营以及战胜自然灾害等方面，都显示了极大的优越性，特别是其中3.1万多个高级社，增产更大，收入更多。

据黄冈专区调查：全区5458个高级社，比去年增产的占90.7%，保产的占5.5%，减产的只占3.8%；

高级社每个社员全年平均收入230元，而初级社每个社员全年平均收入是190元。

这些事实有力地吸引了广大农民强烈要求参加高级社。因此高级农业合作化运动一开始，各地农民就积极地参加了这个运动。

同时，湖北还注重对农业合作化进行稳步推进和大力支持。

1956年8月初开始，中共湖北各级党委就领导各地结合生产，进行了不同程度的准备工作，如宣传政策、制订规划、实行试点等。

同时，各地根据自愿互利原则，按照平原、丘陵和山区的条件和特点，规定农业高级合作化的主要形式是升级，适当地扩社、并社。

襄阳专区几百户左右的社，一般都不予合并。全区高级社的规模平均在 150 户左右。

荆州专区对已经合并起来的大社，进行了一次检查，凡条件不够的，就采取联社的办法，或者适当地分开。

各地由于进行了上述工作，纠正了初期一些错误做法，充分地发动了群众，因而全省的高级农业合作化运动开展得较快较好。

到 11 月间，湖北全省基本上实现高级农业合作化。

到 1956 年底，加入合作社的农户达到全国农户总数的 96.3%，其中参加高级社的农户占全国农户总数的 87.8%。新中国成立初期预计 18 年完成的农业合作化，提前了 11 年，仅用 7 年的时间就完成了。

农业改造的顺利结束，为加速社会主义工业化准备了条件，也为整个国民经济的振兴提供了有力保障。

三、工商业改造

- 毛泽东形象地说:"他们已经挂在共产党的车头上,离不开共产党了。'空前绝后',他们的子女也将接近共产党了。"

- 周恩来说:"只要引导上国家资本主义,就可以因势利导,水到渠成。"

- 陈云形象地说:"国营厂要'吐'出一部分任务来照顾私营厂。"

确立工商业改造政策

1949年9月21日,中南海怀仁堂装饰一新,高耸的飞檐,高悬的气球飘带,迎风招展的各色彩旗,使怀仁堂在绿树环绕中更显庄重辉煌。

此时,人们身着新装,喜气洋洋,三个一组,五个一队,从怀仁堂大门进入礼堂。

礼堂内更是一片溢彩流光。人们陆陆续续地入座,等待着庄严时刻的到来。

下午7时,毛泽东、朱德、刘少奇、宋庆龄等人相继走上主席台。

会场上响起明快而又雄壮的乐曲声,掌声雷动,此起彼伏。礼堂外,"轰、轰、轰……",礼炮声声,鸣过54响。

中国人民政治协商会议隆重开幕!

顿时,场内场外,欢声雷动,全体代表起立,热烈鼓掌。

此次会议通过了《中国人民政治协商会议共同纲领》。"纲领"第三十一条明确指出:

国家资本与私人资本合作的经济为国家资本主义性质的经济。在必要和可能的条件下,

> 应鼓励私人资本向国家资本主义方向发展，例如为国家企业加工，或与国家合营，或用租借形式经营国家的企业，开发国家的资源等。

在对待资本主义和资产阶级问题上，早在1948年毛泽东就提出斗争有两种形式，即竞争和没收。竞争当时就要，没收当时还不要。

在党的七届二中全会上，中央提出对私人资本主义必须采取利用、限制的政策。

中华人民共和国成立伊始，我们对待资本主义工商业的基本原则就是七届二中全会和《共同纲领》所规定的利用、限制的方针。

1950年上半年进行制止通货膨胀、打击市场投机、稳定物价的斗争，1951年底开展的"三反""五反"运动等，都是利用、限制私人资本主义这一方针的具体实施和必要步骤。

这种利用和限制，实际上也是一种改造，但是，由于当时忙于经济恢复工作和抗美援朝，对资本主义工商业实行改造的问题始终没有来得及进行认真的调查和思考。因此，这一时期没有明确提出对资改造的问题。

1950年12月29日，政务院第六十五次政务会议在京召开。

在此次会议上，《私营企业暂行条例》获得通过。

这是中国共产党掌握政权之后，对私营经济颁布的第一个制度性法规。

它表明在新民主主义框架下，私营经济获得了进一步明确的定位。

"条例"主要内容包括企业组织方式、核准登记办法、企业权责界定、盈余分配比例、安全卫生设备及职工福利、债务清算等等。

"条例"还提出在国营经济领导之下，鼓励、扶助私营经济发展。

半个月之后，时任中央人民政府委员、中华全国工商联合会主任委员的陈叔通撰文说："私营企业是人民政府要鼓励的、扶助的。去年夏季以后人民政府调整了工商业，企业开始好转，私营企业逐渐增多。政府为了鼓励这个趋势，而又要纳之于正轨，乃制定了《私营企业暂行条例》。"

"条例"的颁布，对刺激私营企业发展起了很大作用。全国私营工商业者普遍欢呼："1951年是黄金时代。"

1951年，全国私人企业全年盈余达37亿元，比1950年增加90.8%。

1952年9月，毛泽东在给黄炎培的信中说，对于资产阶级，我们只应当责成他们接受工人阶级的领导，亦即接受《共同纲领》，而不宜过此限度。

1952年9月24日，中共中央书记处讨论关于"一五"计划的问题的一次会议，在北京隆重召开。

在听取周恩来关于"一五"计划轮廓问题同苏联方

面会谈情况的汇报时，毛泽东提出了新的设想：

> 从现在起逐步实行向社会主义过渡，即逐步实行农业、手工业和资本主义工商业的社会主义改造，从1953年算起15年完成，而不是10年以后才过渡到社会主义。

毛泽东认为，七届二中全会提出限制与反限制的斗争问题，现在这个内容就更丰富了。

毛泽东满怀信心地对与会同志说："5年以后如此，10年以后会怎么样，15年以后又会怎么样，要想一想。到那时私营工商业的性质也变了，是新式的资本主义，公私合营、加工订货、工人监督、资本公开、技术公开、财务公开。"

接着，毛泽东形象地说："他们已经挂在共产党的车头上，离不开共产党了。'空前绝后'，他们的子女也将接近共产党了。"

1952年10月20日，在苏联访问的刘少奇给斯大林写了一封信，然后让随团翻译师哲译成俄文后送交斯大林。

在信中，刘少奇的第一个问题就是"关于中国怎样从现在逐步过渡到社会主义去的问题"。

刘少奇还分析了中国向社会主义过渡的条件，谈了对中国农业、手工业和资本主义工商业实行社会主义改造的具体设想。

不久在会谈中,斯大林对刘少奇说:"我看了你写的信,认为你们的这些想法是对的。"

接着,斯大林谈了他的看法,赞同中共中央关于向社会主义过渡的意见。

1953年,随着抗美援朝战争的结束和大规模经济建设的开始,对资改造的问题开始更紧迫地被提上日程。

1953年,在对待私营企业上,人民政府先实行了一个叫做"四马分肥"的办法,降低了私营业主的利润分成。

所谓"肥",是指企业年终盈利。"四马"是指利润分配的四个方面:向国家缴纳的所得税,企业发展使用的公积金,职工的福利和奖金,私营股东所得的红利。

分配的方法:指先缴纳所得税,再按其余三方面进行分配。前三马占总利润的四分之三或比四分之三多一点,私营业主所得占四分之一或比四分之一少一点,不超过四分之一。

1953年2月19日,毛泽东在武汉同中南局几位负责人谈话时就提出,对民族资产阶级企业可以采取赎买的办法。

当时一些理论工作者也从马克思和列宁的著作中找到了不少向资产阶级进行赎买的论述,于是乎这个办法成立。

所谓赎买,不是由国家另拿一笔钱收买资本家的企业，而是每年在生产获得利润的同时，分给原私营业主一点利润，国家就是以这部分利润作为赎买代价。

几次政治局会议之后，毛泽东责成李维汉起草一个改造资本主义工商业的政策性文件。

李维汉此时提出了"双重改造论"，即不但要把资本主义工商业改造为社会主义工商业，而且要把资本家改造成为自食其力的劳动者。

对私营业主要实行团结、教育、改造的政策，这个提议获得了毛泽东支持。

在当时，有部分同志不同意李维汉的"双重改造论"，毛泽东便向大家解释说："要把资本家改造成为工人，否则，改造成为什么人呢？难道改造成为地主吗？不能。难道改造成为农民吗？也不能。只能改造成为自食其力的工人。"

3月4日，根据中央建议，李维汉起草的《关于有步骤地将有十个工人以上的资本主义工业基本上改造为公私合营企业的意见》获得批准。

"意见"提出有步骤地进行公私合营问题。

6月15日，中共中央在北京举行政治局扩大会议。

在这次会上，经过讨论，对资本主义工商业利用、限制、改造的方针，从指导思想上确定下来了。

此后，统战部根据中央讨论的精神，把对资本主义工商业的方针概括为利用、限制、改造，明确写进了李维汉在全国统战会议上作的《关于利用、限制、改造资本主义工商业的意见（草案）》的报告。

从中华人民共和国成立以前党的领导人提出利用、限制资本主义，到1953年6月政治局会议明确为利用、限制、改造，这是全党指导思想上的一个飞跃。

从此，我国对资本主义工商业和民族资产阶级的社会主义改造道路终于明确化和具体化了。

各级政府也就以"利用、限制、改造"为原则，开始了对资本主义工商业的改造。

1953年11月，中央在中央财经委员会下设立了第六办公室，以协调全国改造工作。

此后不久，对资本主义改造全面开展以后，中财委下的第六办公室被改为国务院第八办公室。

新的国务院第八办公室由李维汉担任主任，许涤新任副主任，协助周恩来、陈云主持对资本主义工商业改造方面的工作。

从此，我国对资本主义工商业的和平改造工作，从政治上和组织上得到了加强，更加有系统地展开了。

各级积极宣传改造政策

1953年9月7日,古朴的勤政殿内窗明几净,庄严肃穆。

工商界人士陈叔通、黄炎培、李济深、章伯钧、程潜、张治中、傅作义、章乃器、李烛尘、盛丕华等一行10人,应毛泽东的邀请来到中南海勤政殿,参加对资本主义工商业社会主义改造问题的座谈会。

座谈会开始后,毛泽东与大家进行了简单的寒暄,便开始了此次座谈的议题。

毛泽东点燃了一支烟,轻轻地吸了一口,笑着对大家说:"过去3年多做了一些工作,但忙别的去了,对工商业的事用力不多,从现在起要多做些工作。"

接着,毛泽东明确地提出了经过国家资本主义道路改造资本主义工商业的问题。他说:"有了3年多的经验,已经可以肯定:经过国家资本主义完成对私营工商业的社会主义改造,是较健全的方针和方法。"

接着,毛泽东又说:"《共同纲领》第三十一条的方针,现在应该明确起来和逐步地具体化。"

接着,毛泽东对刚才的话又作了简单的解释,他说:"所谓'明确起来',是说在中央和地方的领导人物的头脑中,首先要肯定国家资本主义是改造资本主义工商业和逐步完成社会主义过渡的必经之路。"

毛泽东看了大家一眼，略有感慨地道："这一点无论在共产党和民主人士方面，都还没做到。"

座谈中，毛泽东着重向陈叔通等人阐明对资本主义工商业是"逐步改造"，进入社会主义是"逐步过渡"。

为了把这个问题说得更清楚，毛泽东还打了一个形象的比喻："社会主义改造好比是一条河。我们中国的社会主义改造是采取温和的、逐步过渡的办法，好比从汉口过长江到武昌，逐步地过渡。"

看了大家一眼，毛泽东接着说："从木船——个体经济、私人资本主义，登上洋船——国家资本主义，逐步地渡过河去。既不是一下子过去，也不是停滞不前。逐步过渡并不痛苦，当然也不是不知不觉，困难还是会有的，但总的要求是和平地渡过河去。到了码头，也就是完成过渡了。"

毛泽东的这段话表达了党在指导思想上的一个重大变化，即对私人资本主义从"一举消灭"改变为"逐步改造"。

对于工商界人士来讲，"逐步改造"完全是一个新的问题。

毛泽东对他们解释说："我们采取逐步过渡的办法，就是指生产资料私人所有制要受到限制，利润不能全归他，但仍然承认他的私有制。逐步过渡就是逐步改造。"

毛泽东喝了一口水，又接着说道："现在所说的改造，是指在承认资本家受限制、不完全的私人所有制的条件下，使资本主义企业逐步地变为国家资本主义企业。也就是在人民政府管理之下的、用各种形式和国营社会主义经济联系着的、并受监督的资本主义经济。"

毛泽东又进一步补充道："这种资本主义经济已经不是普通的资本主义经济，而是一种特殊的资本主义经济，即新式的国家资本主义经济。"

当时，资本家普遍关心的是自己的利润问题，这在座谈会上也有反映。

盛丕华说："据我了解，工商界是会接受国家资本主义的，但也会有波动，他们担心公私合营后赚了钱分不到，有的人怕合营后没有权。"

毛泽东听后，微笑了一下，耐心地向大家算了一笔账。他说："最近，我找做工会工作的同志和做大城市工作的同志一起研究了一下，一个工业企业，除去成本、税收等等后，所得利润比较合理的分配比例应当是这样：所得税占34.5%，福利费占15%，扩大再生产的公积金占30%，资方红利占20.5%，就是五分之一多一点。如果更合理一些，应该是以25%上下作为资方红利，剩下的25%用来扩大再生产。这样做对国家有利，对工人、对资本家也有好处。"

听了毛泽东的话，与会人员心情顿时轻松了起来，都点头认同毛泽东提出的这个利润分配比例。

傅作义更是高兴地说："将私人资本主义用国家资本

主义的形式过渡到社会主义，对资本家是非常有利的，一方面保证资本家在企业盈利的情况下有四分之一的利润，同时又有四分之三的利润是为人民，他的工作是很光荣的。"

座谈会一直在活跃的气氛中进行。

毛泽东接着大家的话题说："对私营工商业的改造是一个复杂的问题，要先在我们领导人物头脑中明确起来，不然一下子宣传会引起误会。要说清楚，我们是逐步改造，现在做的工作是用三五年时间将私营工商业基本上纳入国家资本主义的轨道。要使私营工商业的改造自然而然地、有领导有计划地去做。"

毛泽东还把目前的工作比作挖渠。他说："如果不用人力，不用领导，不是有计划地来挖渠，让黄河决了口，就会泛滥、内涝，那不行！我们挖好渠，使水自然地放下来，引导着水向有利于进行改造、过渡到社会主义的道路上去。现在的工作都是为了水到渠成。"

在谈到对待资本家的问题时，毛泽东以他惯有的风趣说道："除了仍然走帝国主义、走蒋介石那一条路的应该打击、受到管制之外，对愿接受共产党领导、走社会主义道路的资本家，不能把他们赶到黄河里去。商业也是一样，也要经过国家资本主义形式走向社会主义。这方面经验较少，大家可以研究。"

最后，毛泽东还说："有些资本家对国家保持一个很大的距离，还没有改变唯利是图的思想。而有些工人又前进得太快了，他们不允许资本家有利可得。这是一个很大的矛盾。我们应对这两类人进行教育，使他们的思想行为逐步地符合国家的方针政策。为了做好资本家的教育工作，要注意在资本家中培养典型，经过他们去说服大部分资本家。"

1953年9月8日，金秋的北京，暑热渐退，天高云淡。

这一天，政协第一届全国委员会第四十九次常委会在这里举行。

部分工商界代表人士被邀请参加了这次会议。

在会上，周恩来针对资产阶级对社会主义改造的思想疑虑，系统阐述了我国社会主义改造的方针、步骤以及资本主义工商业的前途等问题。周恩来指出：

> 国家资本主义并没有取消资本主义所有制，工商业者只要遵守国家政策法令，不投机、不垄断，以企业产品用于满足人民的需要，企业利润有四分之三满足国家、工人福利和扩大再生产的需要，他们的任务就是光荣的。
>
> ……
>
> 资本家只要尽职尽力，不是唯利是图，政府和工人阶级就应使资本家有职有权、有利可得。

对于资本家提出的前途问题和如何实现国有化的问题，周恩来指出："只要引导上国家资本主义，就可以因势利导，水到渠成。"

周恩来又进一步解释说："当然，少数人反抗会有的，如果我们工作做得越好，反抗的人就会越少，总之，人们在过渡时期对国家尽了力，将来就会得到应有的报酬。这种过渡，会是'阶级消灭、个人愉快'的。"

周恩来在此次政协会议上的表述，其目的实际上是在向当时的资产阶级，宣传人民政府改造工商业的政策。

其实，早在6月的那次政治局会议之后，对资产阶级的宣传攻势就开始有步骤地展开了。

变革资本主义所有制，是一场极其深刻的社会主义革命，必然引起资产阶级的各种疑虑和抵触，少数人必然要以各种不同方式进行反抗。

在当时，广大工商业者对过渡时期总路线提出的对资本主义工商业的改造政策，普遍感到震动和不安。

一部分人出于阶级本能，有很大的抵触情绪，并惊呼"上了贼船"。有的大财团资本家在大势所趋下，为保持其资本主义阵地，宁愿拿出一个企业抵债，而不愿实行合营，说"宁砍一指，勿伤九指"。

少数人则以停工、停伙、停薪的"三停"，抽逃资金，破坏生产等手段抵制社会主义改造。

党中央深刻地分析了这一阶级斗争的新形势，决定自上而下地、有领导有步骤地开展对改造资本主义工商业的宣传。

10月至11月,根据中央的指示,中华全国工商联会员代表大会在北京隆重召开。

在会上,统战部部长李维汉再次阐述了我们党在过渡时期的总路线和对私营工商业实行利用、限制这一政策的内容、意义和步骤。

会议期间,李维汉向毛泽东汇报了开会的情况。毛泽东肯定会议是成功的,并说要使各级党委和统战部门有意识地懂得,半年之内是大喊大叫的半年。

根据这一意见,会后,全党又在工商界中间开展了一次有领导、有准备、大张旗鼓地对总路线和国家资本主义方针的宣传教育。

此次宣传的重镇,当然是拥有工商业最多的上海。

早在10月6日至12日,华东局统战部与上海市委统战部就邀请了工商界与民主党派代表人士举行座谈会,会议上陈毅作了关于过渡时期总路线的传达报告。

11月,又有多次的市委举办的总路线报告会,这一系列的报告会,明确指出对资本主义工商业的社会主义改造是过渡时期总路线的重要组成部分。

同时,还指出社会主义改造的方针步骤以及资本主义工商业的前途。告诉资本家只要尽职尽力,不是唯利是图,政府和工人阶级就会使资本家有职有权、有利可得,这种过渡会是"阶级消灭,个人愉快"的。

在过渡时期总路线公布以后,上海市举行了全市性的宣传总路线的报告会就有19次，分别由陈毅、谭震林、潘汉年等领导同志主讲。各阶层有百万人次听了报告。

自1953年11月至1954年初，上海私营工商业执行总路线的报告会达90次，参加者8万余人。

同时，上海还组织了座谈讨论会，资产阶级中的部分代表人物，还参加了比较长期的系统学习。

这一段时期对总路线的宣传、学习教育，使改造政策做到了家喻户晓、深入人心。

同时，在全国其他地方，尤其是资本主义公私合营比较集中的大城市，也开展了规模宏大的宣传活动。

半年以后，经过全国规模的教育和宣传工作，资产阶级上层代表人物的疑虑大大减少，大多数人受到深刻的教育，提高了认识，基本上接受了总路线和国家资本主义的方针。

许多资产阶级感到："社会主义是大势所趋，不走也得走。"

有的则提出"积极经营，争取利用，不犯五毒，接受限制，加强学习，欢迎改造"的口号。

著名民主人士黄炎培，在谈学习总路线的体会时说："在过渡时期，资产阶级只要接受改造，将是'风又平、浪又静，平平安安到达黄鹤楼'，到社会主义都有一份工作，都有饭吃。"

对于个人前途问题，资产阶级开始认识到：只要遵循国家的总路线，将来可以稳步进入社会主义。

有个资产阶级更是形象地说："在对工商业的改造中，我们'产业界'人士要像剃头一样，只要不乱动，就不会流血。"

这样一来，完成改造后，不但将来有工作，而且可以保留消费财产，从而大大解除了他们的顾虑。

许多人的情绪由原来的疑惧、怕挨整而转变为开朗。

于是，资产阶级上层人物在接受过渡时期总路线和国家资本主义的方针道路等根本问题上，同中国共产党达到了基本的一致。

经过对总路线的宣传，资产阶级中间还涌现出一批拥护总路线的进步骨干，并且在以后的几年中数量日益增多。他们在工商界中现身说法，带头合营，努力宣传党的方针政策，成为协助我们党顺利推进国家资本主义的一支重要力量。

对总路线的成功宣传，为即将在全国开展的对资本主义工商业的改造工作，铺平了道路。

在此之后，对资本主义工商业的改造工作在全国迅速展开。

民族工业实现公私合营

1954年，经前门区政府批准，有400多年历史的老酱园六必居加入了公私合营的行列。

六必居酱园坐落在北京前门外粮食店街，始建于1530年，距今已有400多年历史。

开业之后不久，六必居酱园经营柴、米、油、盐、酱、醋，而以自制甜酱八宝菜、甜酱黑菜、甜酱什香菜等10多种特殊风味产品见长，制作酱菜一直沿袭"六必"精神，工艺考究，选料精良，配方独特，产品色泽漂亮，味道浓郁，脆嫩清香，咸甜适度，曾为明清宫廷宴席之需，更为我国城乡人民所喜爱，还成为我国食品方面的传统文化之一，名传海外。

抗战胜利后的国民党统治时期，由于连年内战和横征暴敛带来的通货膨胀，民不聊生，六必居生意萧条，1949年工人几乎发不出工资，企业面临倒闭。

北京解放后，党和政府对民族工商业实行了保护和扶植的方针，对六必居这样的老店更给予了特殊关怀，1952年拨给贷款，使其恢复了生产。

1953年，六必居与六珍号合并，六珍号更名为六必居支店，后又作为六必居车间、库房，兼职工宿舍。

1953年，粮油经销代销，酱菜自产自销，还为国家搞一部分加工，业务较之解放前呈上升趋势，全年销货额为1949年的13.5倍。

随着国家对资本主义工商业实行利用、限制、改造政策的深入发展，粮油实行统购统销，农副产品实行计划管理，六必居自主选进原料受到一定影响，无法保持原有的酱菜质量和风味特色，经营发生了困难。

另一方面，有的资方代理人认为企业迟早要被公家吃掉，散布消极情绪，企图拖垮企业，趁机捞点实惠，从而大量抛售半成品，致使六必居商品脱销，收益减少。1954年全年销货额下降。

股东代表赵煜来京，看到资代经理有乘机捞一把的势头就很生气，抱着"宁可给政府，也不叫资方瓜分"的态度，向区政府提出公私合营的申请。

很快，六必居得到前门区政府批准，即进行合营的具体工作。

得到批准后，六必居首先成立了公私合营委员会和清产小组；组织职工学习公私合营条例，讲合营优越性，讲公私及劳资共事方面的有关知识，号召职工以实际行动迎接公私合营。

当时资本家又喜又忧，喜的是放下了经营困难的包袱；忧的是数百年的祖业从此失掉。

再加上有人乘机煽动说："合营后，买卖就充公了，分红是名义，就是分了红，用它扩大再生产，股东也拿不到。"

因而，握有实权的资方代表对合营不满，想捞一把散伙。而大部分职工则欢欣鼓舞，认为合营后的名誉地位与私营时决然不同了。有人说："盼合营就等于盼解放。"

有的怕合营后建立新制度，工作累，抱着"干着瞧，实在不行回老家去种地"的思想。

针对这些思想，六必居通过党团、工会组织，以大会、座谈会及个别谈心等方式进行教育，为顺利实现公私合营和合营后的生产经营打下良好的思想基础。

接着，开始对六必居进行清产估价。为此，清算组提出"先流动，后固定，不重点，不漏点"的口号，分片进行，随点编号，贴标签。

估价工作掌握的原则是：实事求是，公平合理。对房地产，还请了市房管局的专门人员查看丈量，按质估价。

家具多样而零碎，新旧不一，则到市场去了解行情，然后试估。

酱菜缸分上、中、下三等，按质论价；现货，按成本作价；对合营后用不上的呆滞品，与资方协商处理。所有估价，包括方法都事先与资方商议，意见是一致的，达成了协议；不一致的，各申述理由，求得统一。

在当时，铁锡炉，资方提出200元，经细算值150元，最后经过协商，都达到统一。

在清产估价后，股东代表赵煜满意地说："我要把这次合营的好处带回山西老家，告诉每个股东。"

在人事安排上，由公方派了干部赵汇东担任正经理，原经理刘春魁安排为第一副经理，王玉杰为第二副经理。

1956年春，北京市人民政府根据中央指示，狠抓了恢复继承传统风味的工作。

为此，第三商业局组成专门班子进行落实，在原料问题上让六必居提出要货计划，确定品名、质量、数量和时间要求，交有关部门按要求供应，并指示蔬菜公司对六必居特殊需要的瓜菜，允许采用原有的定产定购关系。

六必居领导与工人看到合营后党和政府给予的支持，增加了荣誉感和责任感，把长期积累下来的经验和日益高涨的劳动热情结合起来，开展了"优质、多产、为人民"的劳动竞赛，生产和经营发生了很大变化。

1954年合营时年产量为12万公斤，1955年增加到18.5万公斤，1957年达到25万公斤，比合营前年产量翻一番。

同时，总结传统技艺，进行传播。城乡服务研究所和六必居工人一起把酱菜腌制上凭手法、凭眼力、口授心领的生产经验加以理论化，整理编印了酱菜行业第一本专业书——《北京酱菜》。

公私合营后，全国各地不少同行来六必居学习。当时为帮助哈尔滨同行，六必居还派去两名师傅传授技艺。

在当时，西藏新建一座酱菜厂，六必居也派了有经验的老师傅赴藏全面授艺，并安排整个生产程序，使西藏人民也吃到了北京风味的酱菜。

公私合营后，六必居在继承传统技艺、保持风味酱菜的进程中，没有停留在原有水平上，而是向更高的层次迈进。

一位六必居的职工感叹地说："是公私合营为六必居带来了新生。"

与六必居具有相同经历的还有著名老店全聚德，该店也在1954年进行了公私合营。

全聚德始建于清同治三年（1864年），创始人杨全仁，河北省冀县人。

杨全仁幼年逃荒来北京，以摆摊贩卖鸡鸭起家。1864年，他用所集资财买下前门外肉市一家倒闭的干果铺，以重金聘请了原在清宫御膳房专事烤鸭的厨师，开设了全聚德烤鸭店。全聚德所制吊炉烤鸭，鸭味清香，外焦里嫩，肥而不腻。

全聚德由于烤鸭的独特技艺和热情周到的服务而闻名京师。

1890年，杨全仁逝世，全聚德由其二子杨庆茂继承掌管。

为发展父业，杨庆茂投资600银元，拆去旧店，在原址建起一座二层小楼，装饰典雅，门面清新。店门两旁设两块大铜牌，左边是"包办酒席，内有雅座"；右边是"应时小卖，随意便酌"；门上方砖刻"全聚德"大字，至今尚存。

杨庆茂志大而不善经营，于民国初年聘请了山东荣成人李子明担任掌柜。

李子明精明干练，任掌柜期间，全聚德店内一应事宜都由他独揽大权，股东只有分红权。全聚德营业日趋发展，逐步形成了独有的经营特色。

由于全聚德的经营特色，达官显贵、社会名流时常光顾，全聚德也声誉倍增，名噪京师。

30年代末至40年代初，是全聚德的鼎盛时期，一年能获纯利3000银元，为全聚德的发展打下了丰厚的基础。

直至40年代末，全聚德开始走下坡路。

全聚德处在虽然门庭若市，但又备受干扰和摧残的境遇之中。"盟邦友军""败阵伤兵"的滋扰，拉夫、抽壮丁以及苛捐杂税的盘剥，加上急剧的通货膨胀和金圆券的发行，使得全聚德元气大伤，业务到了勉强维持的地步。

北京解放之初，党和政府面临的重要任务之一，是医治战争创伤，制止通货膨胀，平抑物价，恢复生产。经济政策的实施以及人民群众思想意识和生活习俗的变化，也影响着全聚德的经营方向，它必须适应在改造中求发展的客观趋势。

当时全聚德面临的形势是：

服务对象变化。解放后，党大力宣传劳动光荣，剥削可耻，倡导艰苦朴素之风。全聚德显得冷落了，即使是当时的有产阶级，对以往奢侈的生活方式也大加收敛，不再是全聚德的常客。

严格物价管理。机关部门到全聚德宴请，每桌最高不过60元。鸭子每只54元，大虾每公斤2元稍多，黄花鱼每公斤6角。物价的平抑，也减少了全聚德的高额利润。

由于以上变化，全聚德业务萧条、收不抵支，已处于停业状态。

工人们不得已，开始卖炊具、钢锅、菊花锅、什锦锅、铜炒勺等铺底以维持生活。

杨福来面对如此局面束手无策，愁肠百结，待在西四羊肉胡同的住宅内，深居简出，深感山穷水尽，前途渺茫。

1952年上半年，全聚德工人发现靠卖铺底维持生活不是长久之计。

工人经过商量之后，派出代表到杨福来家商讨对策。

杨福来沉吟良久，无可奈何地说："反正买卖开不下去了，你们把房子和家具全部卖掉，各奔前程吧！"

工人代表不同意，对杨福来说："全聚德有近百年的历史，闻名国内外，不能就这样完了。"

杨福来几经思索，想起一位朋友曾经启发过他要相信党对民族工商业的政策，相信和依靠党和政府的话。

于是，杨福来决定找党的领导反映情况，请示办法。

第二天，杨福来来到前门区委，找到区委书记李锐向他汇报了全聚德的困境。

李锐依据党对民族工商业的政策和市委对北京有名气、有代表性、又为社会所需要的民族工商业要采取保护和扶植的精神，明确告诉杨福来说："全聚德不能歇业。"

不久，李锐指示杨福来去市商业局信托公司洽谈全聚德的出路问题。

信托公司负责人刘仁龙向杨福来提出："上级决定，由信托公司投资，与全聚德实行公私合营。同时拟进行合营的还有丰泽园、同和居两家知名度较高的老饭庄，因为它们也存在经营上的困难。"

当时，杨福来对实行公私合营心里很矛盾，担心一旦合营丧失主权，对不起创业的祖先。

1952年5月，信托公司派人向全聚德全体职工宣布了实行公私合营的决定，并明确提出仍由杨福来主管业务，要求工人尊重资方经理，杨福来心里的一颗石头才落了下来。

为了表示庆贺，杨福来高兴地添置了设备和家具，并把店内外粉饰一新，全聚德职工喜上眉梢，重开笑颜。

1952年6月1日，经过半个多月的筹备，全聚德正式宣布公私合营。

全聚德合营后，通过发动职工提合理化建议，改善经营管理，逐步改变了陈旧的经营方式。

合营前，工人吃住在店，没有上下班时间，直到顾客走净、没人再来为止。

合营后，工人提出实行 8 小时工作制，超过工时，合理付酬；实行了星期日休假制度和国家法定节假日制度，根据业务特点，进行轮休。

从 1954 年开始，企业利润分配从过去的"东六伙四"改为"四马分肥"，从奖励基金中留出一部分作为职工福利。

全聚德重新开业的第一天，店堂客满。

之后，国家机关、人民团体、专家、外宾、华侨等纷纷在此举办招待宴会。

劳动人民由于生活条件日益提高，也成了全聚德的顾客。

全聚德昔日门庭若市的盛况重新出现了。

1953 年，全聚德派出 4 名厨师去苏联参加了中国工农业展览会，展示烤鸭技艺，得到国外人士的赞赏。

1954 年 7 月，在西长安街路南开设了分店，称全聚德西号，即现在的鸿宾楼，全部是政府投资。

合营后，全聚德营业额逐步上升，1954 年的营业额相当于合营前 1951 年的 3 倍。

在国内，包头、桂林、昆明、南宁、郑州等地也都设立了全聚德分号。

随着旅游事业和对外开放的发展，全聚德烤鸭店的声誉遍及世界各大洲，已分别在美国、日本、加拿大、泰国等国家投资建店，传播我国独特技艺，为国家赚得了大量外汇。

在此期间，一大批民族工业都加入了公私合营，包括北京的同仁堂、丰泽园，上海的申新九厂，等等。

在扩展合营工作中，多数人注意贯彻党对资产阶级的统一战线政策，在清产定股、人事安排、利润分配等方面适当照顾了私股的合法权益，使合营企业生产迅速发展，利润增加，发挥了明显的优越性，进一步促使更多的资本家要求公私合营，为社会主义改造创造了有利的形势。

中央调整改造政策

1954年12月,国务院第八办公室和地方工业部联合召开第二次全国扩展公私合营计划会议。

此次会议的议题原计划是研究公私合营问题,即讨论怎样扩展公私合营工业的问题,主要包括1955年要把多少私营工厂变成公私合营工厂,1956、1957年又怎么组织领导等问题。

但是,会议开始后,各地代表,特别是上海、天津、沈阳等地的代表反映了一大堆问题。

于是,会议被迫改变部署,首先研究对私营工业的生产安排问题。

原来,1954年公私合营的扩展,虽然取得了很大成绩,但也带来许多问题。

中国的资本主义有很大的分散性、落后性。

国营部门在社会主义改造中,对各种类型的经济未切实贯彻统筹安排的方针,在加工订货的分配上,侧重国营和公私合营,不顾私营企业,更加深了私营工商业的困难。

1954年,北京市选择大有粮店、瑞蚨祥布店、稻香村食品店、桂香村食品店等10户较大的资本主义零售商店,进行公私合营试点工作。

合营后，这些商店的营业额上升很快，但却对周围私营小商业影响很大，增加了对全行业统一安排的困难。

当然，问题最集中、最突出的还是现存的私营工厂生产发生严重困难，一些主管工业和原材料的部门也侧重国营和公私合营，不管生产安排的倾向，订货任务不给私营厂，像第一机械工业部水泵的生产任务全分配给了国营厂，私营厂一点也捞不到。

私营厂接不到订货，搞不到原材料，就要停产，发不出工资，有些工人就向党委请愿。

还有就是改造资本主义企业和资产阶级分子工作中存在急躁、简单态度。

本来改造应是逐步进行的，有的干部却抛开"逐步"，而想"一步"完成改造；有的企业一搞公私合营，马上搞一长制，把私方搁在一边；有的只愿意接收资本家的企业，不愿意安排资本家的人。

资本家说怪话："干部昼夜忙，资本家晒太阳。公方是直达快车，私方是虚设一站。"

同时，搞公私合营工作的、到合营厂当公方代表的干部中，有不少人学习不够，水平不高，并且不安心工作。

于是，当时资产阶级抱怨道："到156项建设单位工作的是优秀干部，搞公私合营工作的是'生锈'干部。"

许多地方没有专管公私合营工厂和干部的部门。

这种情况，特别是生产没有统一安排、公私未能兼顾的情况，如不迅速切实地解决，公私合营的工作将难以扩展，计划当然难以制订。

这种情况在上海、天津、武汉等城市，均有不同程度的表现。

1954年下半年，若干私营行业陷于困境，部分企业停工、停薪、停伙，甚至关门歇业。

当时任上海市市长的陈毅对这些情况很理解，在一次政治局会议上，陈毅便及时向中共中央如实反映了当时的情况。

陈云听后，非常重视，便约负责资本主义工商业改造的国务院第八办公室的干部去谈。

当时，国务院八办主任李维汉赴苏联治病。

因为这些问题牵涉面太大，陈云和"八办"副主任许涤新等一起向周恩来详细汇报。

同时，陈毅也向周恩来写信批评国营主管部门缺乏统一安排等问题。陈毅指出：

各地改造速度太猛，孤军独进，不与各方打招呼。

在听取了汇报之后，周恩来表示完全同意陈毅的意见。

周恩来说："我们的主要缺点，是在处理私营工商业及资产阶级的问题时，既不研究情况，又不同人家协商，也不估计后果，就片面处理。"

在对待资本主义工商业者的问题上，周恩来明确地说："资本家的企业在人民民主专政下应该受到照顾。生产的东西也是在国内用嘛。工人阶级只有一个，没有两个。国营企业的工人是工人阶级，资本家工厂的工人也是工人阶级。你只照顾大的公私合营企业，那小企业的工人干什么？"

12月，周恩来在国务院常务会议上，就调整和安排工业生产问题作了讲话，指出：

> 对国营、公私合营和私营工业的生产，一定要统筹兼顾，要统一领导，归口安排，按行业改造，全面规划。

1954年12月31日，国务院关于私营工商业问题座谈会在中南海怀仁堂召开。

在这次会上，陈云作了《解决私营工业生产中的困难》的报告。

在报告中，陈云提出：

> 应该在国营经济的领导下，在保证社会主义成分稳步增长的情况下，对国营、合作社营、公私合营、私营工业采取统筹兼顾、各得其所的方针，进行合理安排。

1955年1月,中央政治局召开会议,讨论批准了统筹兼顾的原则。

在会上,毛泽东高兴地说:"这才对。对待小工商业者也要不看僧面看佛面嘛。"

毛泽东还进一步解释说:"公私合营就是去解决矛盾的,把私方利益纳入公方之中。私营工业有很大的积极性和消极性,把它和公方拉在一起,加以调整,发挥它最大限度的积极作用,消除它最大限度的破坏性,达到解决矛盾。"

喝了一口水,毛泽东环视了一下大家,接着说:"很明显这个工作乃是总路线的很重要的部分。在工业中,原料和订单分配不公,给私营太少,是不对的。私营有困难要照顾他们,要统筹兼顾,要调整公私关系。"

在会上,刘少奇还指出党与非党联盟、劳动人民和非劳动人民联盟的重要性,并提醒全党不要盲目排斥私营企业。

1月7日,陈毅受毛泽东、周恩来指示,代表中共中央在会议上作了总结报告。

在报告中,陈毅强调了统一安排、统筹兼顾的重要性和必要性,还强调了要既抓合营工业的企业改造,又抓资产阶级分子的教育改造。

1955年初,根据毛泽东、周恩来的指示,陈毅邀请全国政协的工商界委员63人,和各有关部门负责人及出席扩展合营工业计划会议的代表一起举行"私营工商业问题座谈会"。

会议在一周内开了4次。

开始,有些工商界委员感觉"摸不清行市",抱定"哑巴进庙,光叩头,不开口"的态度。

对工商界人士这种不合作的态度,陈毅并没有生气,也不在会议上鼓励启发,而是在会外通过工商联、民主建国会进行交流。

当时,陈毅经常抽出时间与黄炎培、陈叔通、李烛尘等代表人物交谈,争取他们的意见和信任,并通过他们向工商界传达我党政策。

终于,会议气氛活跃起来,发言者由迟疑变踊跃,最后两次会议上则大有争先恐后之势。

在座谈会上,陈云作了有关调整工商业公私关系方针政策的报告,并形象地说:"国营厂要'吐'出一部分任务来照顾私营厂。"

很多资本家开始时认为,私营工业关门、倒闭,是实行总路线无可避免的结果,埋怨社会主义改造太快了,感到前途渺茫,情绪低落。

听了陈云讲话,并经诚恳协商和耐心工作之后,他们的情绪由沉闷变开朗,缓和了紧张的阶级关系,提高了对社会主义改造的信心。

在会上,曾山、许涤新等,分别就加工订货、税收、公私合营等具体政策问题做了解答。

陈毅也多次发言，并在会上向党内干部指出一定要重视协商。

这样，工商界代表普遍情绪高涨，对共产党更加信任。有些与会代表激动地说："我们资方也要作自我批评，因为我们收获超过当初的想象。"

3月14日，陈毅向中共中央呈送了《关于1954年扩展公私合营工业计划会议的报告》和《关于召开私营工商业问题座谈会的报告》。

陈毅在《关于召开私营工商业问题座谈会的报告》中写道：

> 组织工商界代表人物就有关问题进行讨论，反映他们的意见和要求，并同他们进行充分协商，就是将阶级斗争引向公开、合法的斗争。只有积极地领导和掌握这种公开、合法的斗争并适当处理他们的合理要求，批判他们的不合理要求，才有利于制止和堵塞各种隐蔽、非法的斗争，并克服他们对社会主义改造的反抗与破坏。

这一经验的取得无疑对全国社会主义改造和阶级关系处理有重要意义。

中共中央在批示中说：

这是一个正确运用政协这一统一战线组织来处理国内阶级关系的范例。

3月17日,中共中央经过研究后,将这两个报告批转全国,希望全国认真研究组织贯彻。

一连串调整政策的出台,为即将在全国掀起的公私合营高潮扫清了障碍,奠定了政策基础。

全国掀起公私合营高潮

1956年1月15日,北京市各界20多万群众在天安门广场举行大会,庆祝北京市社会主义改造的伟大胜利。各行各业纷纷向毛泽东报告。

工商业界的代表乐松生在天安门城楼上,向毛泽东献了报喜信。

敬爱的毛主席:

在您的教育感召下和中国共产党北京市委员会及北京市人民委员会的直接领导下,北京市资本主义工商业已于本月10日胜利地全部走上了公私合营,向着社会主义大大迈进了一步。

我们感谢中国共产党和您给我们的光荣和幸福,这是祖国社会主义改造事业的胜利,是全国人民的胜利。

这几天来,我们全市工商业者,正以万分兴奋的心情,本着又快又好的要求,积极地进行着各业各户的清产核资工作,在职工的大力协助下,今天已经基本上完成了。

…………

敬爱的毛主席,值此全市工商业者热烈庆

祝社会主义改造胜利之际，向您报喜并表达我们感激的心情。祝您身体健康、万寿无疆！

  谨致

最崇高的敬礼！

北京市全体工商业者敬上

1956 年 1 月 15 日

  此外，农民代表李宗和，公私合营工业职工代表王辉，公私合营商业店员代表高殿英，手工业者代表徐淑芹也向毛泽东献了报喜信。

  原来，进入 1956 年，全国政治形势起了根本变化，在农业合作化高潮的巨大推动下，资本主义工商业的全行业公私合营也以汹涌澎湃之势席卷全国。

  这一高潮首先是在首都北京兴起的。

  到 1955 年底为止，北京市公私合营的工厂和商店只有 600 多家。

  1956 年 1 月 10 日一天，就有 1.79 万户私营工商业走上了全行业公私合营的道路。

  至此，北京市的资本主义工商业全部过渡到国家资本主义的高级形式，北京因此成为全国第一个全市资本主义工商业实行公私合营的城市。

  北京市从 1 月 1 日至 10 日，各区的个体手工业者，有的挂起"迎接合作化"的大标语，要求入社；有的自动串联，酝酿建社；有的成群结队，申请报名入社。

1月11日、12日，北京市10个城区和近郊区29个行业的手工业者分别集会，庆祝5.38万多个个体手工业者被批准入社，实现全行业合作化，使入社人数达到全市手工业从业人数的95.6%，基本上完成了合作化。

只10天的时间，北京市就全部完成了和平改造私营工商业的任务。

这10天内，繁华的北京城内家家张灯结彩，户户敲锣打鼓，报喜队来来往往，比新年还要热闹几分。有人形容这种情景是：

爆竹一声响，厂店万户新。
三百六十行，行行庆合营。

最高兴、最积极的是几百万私营工商业的工人们。他们高兴地欢呼道："日夜想，天天盼，总算盼到今天了。今天不但是国家的主人，而且是企业的主人了。"

他们把批准公私合营的这一天，叫做"难忘的一天"。有的买了新日记本，在第一页上写上几行大字：

从今天起，我要开始新生活。

有的穿上漂亮的衣服，到照相馆去照相留作纪念。
有的则写信给亲人朋友报喜。
北京市药业店员赵庭富为了筹备公私合营，竟把自己的婚期推迟了。他说："公私合营是个历史任务，婚姻大事也要服从这个任务。"

私营企业中过去劳动纪律不好的职工，现在变得积极负责了；过去贪玩的，现在努力学习技术和文化了。许多公私合营厂产品的质量提高了；许多商店对顾客的态度转变了，顾客在意见簿上写道："公私合营后，你们简直变了样。"

资本家也是欢天喜地迎接私营工商业改造的高潮，心甘情愿地接受社会主义改造。

当时，北京市工商业联合会大门上写着这样一副对联：

认清前途，积极接受社会主义改造
放弃剥削，逐步成为光荣劳动人民

这就是进步资本家的决心和愿望。

"你申请公私合营没有？""批准了没有？"这是资本家们谈论最多的话题，也是资本家的妻子问丈夫、儿女问父亲的问题。

有些资本家深夜敲开政府机关的门递申请书，他们一天几次打听批准的消息。

资本家还把被批准公私合营看做是"鲤鱼跳进了龙门"，"跨进了社会主义的门槛，掌握了命运"。

和北京相同，上海此时也掀起了公私合营的高潮。

1955年12月17日至24日,上海一届人大三次会议隆重召开。

此次会议主要是讨论上海私营工商业进一步实行社会主义改造的问题。

在会上,市长陈毅作了长达7个小时的报告,全市60万余人通过拉线广播、收音机等形式收听了报告。

陈毅在报告中指出,全行业公私合营是对资本主义工商业进行社会主义改造的新阶段。他还在报告中针对私营工商业者存在的思想顾虑,阐明人民政府的有关政策。

1956年1月10日,北京市资本主义工商业实现全行业公私合营的消息传到上海,引起强烈反响。北京的做法,冲破了上海原订的公私合营分阶段进行的计划。

1月14日上午,中共上海市委召开常委扩大会议,建议学习北京办法,加快完成对资本主义工商业实行全行业公私合营。

当天下午,市委第二书记陈丕显召开上海工商界代表座谈会,与会人士一致要求学习北京经验,提出在一星期内完成全行业公私合营。

1月15日,上海工商界召开临时代表会议,会议作出了申请全行业公私合营的决定。

1月20日,市人委举行第十二次会议,通过了关于批准全市资本主义工商业公私合营的决议,并于当日在中苏友好大厦召开上海市私营工商业公私合营大会。

1月20日，灯火辉煌的上海中苏友好大厦里，具有重大历史意义的上海市资本主义工商业公私合营大会在这里举行。

此刻的会场，像办大喜事一样，悬挂着大喜字，周围挂着红缦。

参加大会的资本家代表和家属们，个个穿着庄重的节日礼服，胸前佩挂红花，脸上掩不住内心的激动和欢悦。

在暴风雨般的掌声中，上海市资产阶级的代表、上海市工商业联合会主任委员盛丕华，庄重地走上主席台，把金色的总申请书呈递给上海市副市长曹荻秋。

在会上，副市长曹荻秋代表市人委接受工商界代表盛丕华呈递的私营工商企业全部实行公私合营申请书，并代表上海市政府在申请书上签字盖章，正式批准上海市资本主义工商业全部实行公私合营。

同时，曹荻秋宣布一次批准全市205个行业、10.62万户私营工商企业实行公私合营。

会议从一开始就淹没在连续不断的鼓掌声、欢呼声中，人们几十次站起来，上百遍地重复喊道：

毛主席万岁！
共产党万岁！

到了自由发言的时候，扩音机旁排成了长长的队伍，有私营工厂的厂长、小商店的主人、资本家的妻子、私营工厂的工人,他们有的满头白发,有的只20多岁。他们一个紧挨一个地讲。

因为时间短促,只能拣最要紧的话说。于是许多人走到扩音机前,只满怀感激地喊了两句:

毛主席万岁!
共产党万岁!

这感激的声音不只是在大厅里回响着,也在大厦周围守候着的几万工商业者的队伍里回响着,在全市成千上万的私营工厂和商店里、工商业者的家庭里回响着。

1月21日,上海市各界人民举行庆祝社会主义改造胜利大会。

大会宣告:

上海市的资本主义工商业,今天已经公私合营了;

上海全市的手工业,今天已经合作化了;

上海郊区农业,今天已经转为社会主义的高级社了;

上海已经进入社会主义社会了!

庆祝大会结束后,50多万人冒雨参加了游行。

在私营工商业全行业实行公私合营高潮中，上海采取"先戴帽子、后穿衣裳"的办法，即对各私营企业先批准公私合营，然后做好清产核资、人事安排的工作。

同年5月8日，上海市召开干部大会。在会上，副市长曹荻秋作了《关于对私营改造工作情况及今后工作的报告》。"报告"对私营工商业公私合营后的清产核资、定息、人事安排和经济改组等工作进行了部署。

清产核资工作按照公平合理、实事求是和"从宽处理、尽量了结"的方针进行。经过清产核资，全市公私合营企业的私股资金共11.22亿元，工业私股占82.4%。

人事安排工作根据"把原来私营企业中一切在职人员包下来"的方针和"量才录用，辅以必要的照顾"的原则，以企业为基地进行安排。

对有经营管理经验或有技术的尽可能按他们的特长进行安排，让他们在工作岗位上发挥作用；对年老体弱的适当予以照顾，妥善安置。

经过酝酿和公私双方协商，任命了189个私方人员分别担任107个专业公司的经理或副经理，安排1.4万人分别担任了厂、店的厂长、副厂长和经理、副经理。

至1956年10月，原在企业中担任实职的5.2万名私方人员全部安排了工作，其中绝大部分保留原来的职务；私方人员中的一些上层代表人物还担任了重要职务。

荣毅仁被选为上海市副市长，另外还有5人任市有关局副局长，12人任副区长。同时，政府还任命1万多名公方代表担任公私合营企业的领导。

上海私营工商业全行业公私合营后，基本完成工业生产资料私有制的社会主义改造，所有制结构发生了重大变化。全市工业总产值中，国营工业占 32.2%，公私合营工业占 64%，合作社工业占 3.3%，私营工业占 0.5%。

全行业公私合营后，由于企业性质发生了重大变化，广大职工的生产积极性和企业劳动生产率提高。

全国各城市手工业改造也都出现了类似的情况。

城市的小商小贩则纷纷提出，要求参加全行业公私合营，他们不愿意置身于社会主义之外。

为了不影响他们的积极性，避免引起他们的疑虑和不安，人民政府决定，根据小商小贩的意愿，分别组织合作商店、合作小组参加公私合营。

正如陈云后来在第二十六次最高国务会议上的发言中所说："政府对于不雇店员的商店本来是要采取经销、代销的方式，但是高潮一来，他们天天敲锣打鼓，放鞭炮，递申请书，要求公私合营。没有办法，只好批准。"

公私合营高潮的提前到来和加速进行，使我国迅速进入了社会主义。

党的八大宣布改造完成

1956年初,继北京、上海之后,其他各大城市如天津、西安、沈阳、重庆、南京、成都、武汉、杭州、鞍山等也纷纷宣告全部实行了私营工商业的公私合营,进入了社会主义社会。

到1956年1月底,全国大城市以及50多个中等城市,先后全部实现了资本主义工商业的公私合营。

在全部私营商业中,已纳入各种改造形式的户数、从业人员和资本额的比重分别达到82.2%、85.1%和93.1%。

至此,我国对资本主义私有制的社会主义改造已基本上完成。

尽管在改造中出现了一些问题,但是,资本主义工商业改造的热潮来得如此之快,使毛泽东、周恩来等国家领导人非常高兴。

1956年1月,在最高国务会议第六次会议上,毛泽东非常高兴地说:"公私合营走得很快,这是没有预料到的,谁预料得到?现在又没有孔明,意料不到那么快。"

1956年1月,就在三大改造已经搞得热火朝天的时候,《中国农村的社会主义高潮》一书出版。原先毛泽东决定发一条出版消息。当毛泽东的秘书将拟好的稿子送给他时，毛泽东呵呵地笑着说："这个消息没有用了，已经过时了。"

毛泽东说，他很高兴，1949年全国解放时都没有这样高兴。

与党和国家领导人一样，加入公私合营后的民族资产阶级对公私合营的完成，也极为兴奋。

1956年1月10日下午，深冬的上海，人们都穿上了厚厚的棉衣，大街小巷里略显冷清。

而此时，上海申新九厂里却人群涌动，到处充满欢声笑语。

原来，申新棉纺织印染厂总经理荣毅仁，刚刚从中共上海市委第二书记陈丕显那里得知，毛泽东一会儿将要视察申新厂。

16时，毛泽东来到申新厂，陪同的有陈毅、罗瑞卿、汪东兴。

一下车，毛泽东就亲切地对荣毅仁说："你不是要我到你厂里来看一看吗？今天我来了。"

当时，荣毅仁激动得连声说："欢迎，欢迎！"

毛泽东风趣地说："你是大资本家，要带头。现在工人阶级当家做主了，老板换了。"

随后，毛泽东关心地问："公私合营后生产怎么样？有困难吗？"

荣毅仁连忙回答说："比以前要好。"

原来，早在1954年荣毅仁就向上海市政府率先提出将他的企业公私合营,对上海私营工商业的改造起到很大促进作用,他的"红色资本家"的称呼即由此而来。

此时,荣毅仁的这句"比以前要好"代表了广大成为社会主义新人的民族资产阶级的新生。

1956年9月15日,中国共产党第八次全国代表大会在北京政协礼堂隆重召开。

出席这次大会的正式代表1026人,候补代表107人,代表全国1073万名党员。59个国家的共产党、工人党、劳动党和人民革命党的代表团以及国内各民主党派和无党派民主人士的代表应邀列席大会。

在大会上,毛泽东致了开幕词,刘少奇、周恩来、朱德、陈云、董必武等做了重要发言。

"八大"正确地分析了社会主义改造基本完成以后中国社会的性质,并庄严宣告:

> 我们对农业、手工业和资本主义工商业的社会主义改造,就是要变革资产阶级所有制,变革产生资本主义根源的小私有制。现在这种社会主义改造已经取得决定性的胜利,这就表明,我国的无产阶级同资产阶级之间的矛盾已经基本上解决,几千年来的阶级剥削制度的历史已经基本上结束,社会主义的社会制度在我国已经基本上建立起来了。

对资本主义工商业改造的完成，不仅是对生产资料资本主义所有制进行社会主义改造取得的决定性胜利，也是党的统一战线工作取得的重大胜利，是党对私营工商业者长期团结、教育、改造方针结出的丰硕成果，对社会主义建设事业，对巩固与发展统一战线都具有重要的历史意义。

从此，资产阶级作为一个阶级在中国大地上消失了，他们都转化成了社会主义的主人，成了社会主义的"新人"。

四、手工业改造

● 朱德明确地说:"把个体手工业者组织起来,应该从实际出发,采取灵活多样的形式。"

● 刘少奇强调指出:"搞社会主义,不能把这些东西搞掉,要把手工业品搞得更复杂,更多样,好的发扬提高。"

● 毛泽东微笑着说:"天下大势,分久必合,合久必分。"

中央决定对手工业实行改造

1951年6月6日至26日,全国第一次手工业生产工作会议隆重召开。

会议总结了一年多来手工业生产合作社的发展情况、成功和失败的经验,商讨了今后办好手工业合作社的一些问题。

刘少奇、朱德都到会讲了话。刘少奇强调,手工业合作应从生产中最困难的供销环节入手。朱德则强调先不要改变所有制形式。

个体手工业,简单地说,就是主要依靠手工劳动、使用简单工具的小规模工业和服务业。通常是一家一户为一个生产单位,生产工具简陋,设备落后,生产和经营规模十分狭小。

在世界历史上,我国堪称手工业最为发达的国家之一。

我国古代第一部诗歌总集《诗经》上记载的8大类29种乐器,就是2500年前的手工业产品。

指南针、火药、印刷术、造纸术,这著称于世的四大发明,不仅推动了我国历史,而且推动了世界文化的传播与发展。

我国古代手工业者用自己勤劳的双手,为创造辉煌灿烂的中华文化和推动世界文明的发展作出了重大的贡献。

近代的中国，尽管有了资本主义的产生和发展，但农业和手工业相结合的自给自足的自然经济在国民经济中仍占着主导的地位。行业众多的手工业产品盛销不衰，机动灵活，各有绝招。

个体手工业在国民经济中的地位是近代大企业生产所无法取代的。

中华人民共和国建立后，手工业生产在整个国民经济中比重虽有所下降，但仍占有相当大的份额。1952年，手工业产值在工农业总产值中所占的比重为21.2%。

这一切都说明，个体手工业是我国社会主义建设过程中不容忽视的一部分经济力量，对于整个国民经济的发展具有重要的作用。

在对待个体手工业的发展上，我党早在革命战争时期，各革命根据地就有通过组织起来发展手工业生产的经验。

陕甘宁边区1941年就建立了大大小小100多个手工业工场和合作社。山东解放区1941年建立了近百个供销形式的合作社，到1946年这种手工业供销合作社已发展到8000多个。

1949年5月，刘少奇提出，对手工业合作要从供销入手，先办"手工业供销合作社，为手工业者收购原料，推销出口产品"，并提出应该"办广大群众需要的，容易办的合作社"。

1950年7月,中财委召开中华全国合作社工作者第一次代表会议。

在会上,刘少奇发表讲话,他强调:手工业合作应从生产中最困难的供销环节入手,保持原有的生产方式不变,尽量不采取开设工厂的方式。

1951年6月,全国合作总社又举办了手工业生产合作社产品展览会,参加展出的有101个生产合作社,750种产品。这次展览会对于交流经验和改进技术、推动生产发展起了很大作用。

1950年至1952年,是手工业合营合作重点试办、典型示范的阶段。

在此期间,人民政府选择了同国计民生关系较大的棉织、针织、铁木农具、建筑材料等行业为重点,开始在部分城市试办手工业合作社。

1950年,全国共建立1321个手工业合作社、组,有26万个社、组员。

但是在这个阶段,既建立了一部分能够严格执行合同,有会计财务制度的比较好的手工业合作社,也盲目和自发地建立了一部分"私营工厂""救济所""防空洞"式的手工业合作社。

1951年6月的那一次手工业生产工作会议召开后,随着国民经济情况的好转与手工业生产的恢复和发展,党对个体手工业的社会主义改造开始了。

会后，各地结合"三反""五反"运动，对手工业合作社进行了有组织、有系统的整顿。

经过整顿，铲除了混入合作社的地主、资本家、旧军官和反革命分子。

同时，各地还采取训练班等形式，学习《手工业生产合作社章程准则（草案）》，对社员进行思想教育。

1953年，在党的过渡时期总路线公布以后，我国手工业改造工作正式提上了议程，手工业合作化运动从此进入了普遍发展的阶段。

个体手工业者踊跃参与

1953年,中央提出对手工业改造后,各地手工业者在当地政府的引导下,纷纷积极加入合作社。

在当时,成都是全国有名的手工业城市。一条条街道上满是手工业的铺子,制革业集中在皮房街,木器业集中在锣锅巷,差不多每个较大的行业都有自己集中的地方。

成都市的手工业在地方经济中占的比重很大。全市手工业有1.4万多户,占全市工业户的98%。从业人员有4万多人,占全市工业总人数的74%。

成都市手工业者制造的皮鞋,远销到东北、华北以及西北各大城市;他们制造的提琴,也很有名。修筑宝成铁路和康藏公路的工人,正在用着他们制造的工具开山铺路。

解放以来,在党和人民政府领导下,成都市的手工业有了不小的发展。

其中发展得最快的有服务于生产建设的铁作、木作等行业,有服务于人民物质和文化生活的衣着、乐器等行业。

手工业跟国营经济已经有了密切的联系。国营经济的加工订货投放额一年比一年增加,1953年就有1616亿多元，比1952年增加42.5%。

这样，手工业开始一步一步适应国家计划的需要，成为国营经济组织货源、调剂市场的得力助手。

然而，在当时，成都市手工业和别的地方的手工业一样，都有着资金少，工具简陋，劳动效率低，还要贵买原料，贱卖成品，忍受私商的中间剥削等特点。

全市手工业劳动者，平均每户的生产人员还不到3个人。他们的资金，在铁作、皮革业平均每户只有旧币50万元，按当时的币值，50万只够5双皮鞋的本钱。

本钱少，就不能成批买原料，零碎买就要贵些。产品做出来，又得赶快找销路。放下三五天卖不脱，手下就没原料做活了，吃饭也没米下锅了。

既要忙着买原料，又要忙着找买主，跑买跑卖，一个月就有六七天做不成活。其余的时间就白天赶，黑夜熬，一天工作十二三个小时，赚的钱有时还糊不住嘴。他们一年四季在忙生活，更谈不上去改良技术和工具了。

如何解决成都市手工业劳动者的困难，唯一的办法就是走合作化的道路。当时的成都全市11个生产合作社已经给大家做出了一个榜样。

成都市布鞋生产合作社成立后，资金集中，就可以大批买原料了。集体劳动，可以合理地分工，提高工作效率。做出的东西质量好，成本低，销路就好办了。

组织起来了，不受商人中间剥削，还容易承揽国营商业部门的加工订货。不到两年，布鞋生产合作社的资金已由最初的117万元增加到2.7亿元。公有工具由2对楦头增加到100多对楦头。另外,还添买了缝纫机、电力砂边机。

富裕起来后,合作社还盖了新厂房,有篮球场、收音机和医药、图书等,几个个体户就这样通过走合作化之路把鞋业做大了。

与此同时,入社后,社员们的生活自然也跟着都有了显著的改善。入社前,李尚康曾经被房东赶出去过,甚至被逼得上过吊。入社后,情形就大变了。

以前,李尚康在小屋里干活,愁资金,愁原料,愁销路,愁生活,望到什么愁什么。现在,李尚康跟大伙儿在亮堂堂的工房里,欢欢喜喜地搞生产,再没什么要发愁了。

以前,李尚康一个人闷声闷气地干活,一天纳两只鞋底就累得不行,现在一天纳5只,还有说有笑。

以前,李尚康一家人穿的衣服是补丁上面加补丁,盖的是一堆污黑的烂棉絮。现在,全家换上新衣、花被子,儿子也上学了。

李尚康等人的巨大变化引起了同行的羡慕,成都很多个体手工业者纷纷申请入社。

与成都相似,在手工业集中的北京,个体手工业者也积极要求加入合作社,其中就有百年老店王麻子刀剪铺。

王麻子刀剪铺开业于清代顺治八年(1651年),铺长姓王，原籍山西省，开业时只有个连家铺，经销剪刀、菜刀、烟袋、火镰、火纸和针线等日用品。由于铺长脸上有麻子，附近居民和店铺都称这个小杂货铺为"王麻子杂货铺"。

王麻子在经营中特别重视信誉，赢得了广大顾客的认同。

后来，铺长王麻子为取信顾客，特将自己店铺的剪刀都镌刻上"王麻子"字样，而后才出售。

顾客使用这种带有"王麻子"字样的剪刀，不管到什么时候，若不是使用不当，剪刀出现卷刃等质量问题都可退换。

从此，王麻子杂货铺的剪刀在社会上取得很高的信誉，慕名来此购买剪刀的顾客日渐增多。

1937年七七事变后，北平沦陷。由于日本侵略者的疯狂掠夺，北平物资奇缺，通货膨胀，各业萧条，王麻子刀剪铺的买卖也不好做。

尽管剪刀是居民和一些工商业者离不开的工具，但是，因为战乱，北京对外交通不畅，王麻子的剪刀运不出去，货物滞销，造成王麻子刀剪铺有史以来最严重的一次生意不振。

中华人民共和国建立后，王麻子刀剪铺的生意又兴盛起来，多年积压的货物在天坛全国物资交流会上全部售光。

1954年，北京市人民政府开展小手工业者的合作化运动，把全市分散的几家经营剪刀的店铺和锻造剪刀的小作坊都组织起来，成立了"剪子生产合作社"。

1956年，剪子生产合作社与刀子生产合作社合并。后来，北京王麻子剪刀厂正式宣告成立。

从此，昔日的小刀剪铺和小铁作坊变成了一个国营企业，发展迅速。

公私合营后，北京市人民政府为了发展王麻子剪刀名牌产品，特在北郊沙河镇为王麻子剪刀厂建起新房，在崇文门外大街只留个门市部，其余生产车间和管理部门都迁至新址工作。

新的王麻子剪刀厂与历史上的王麻子刀剪铺相比，职工人数剧增，最初只有一两人，如今却有几百人。

公私合营后，新进入刀厂的职工劳动积极性很高，他们加班加点，认真完成工作。

以前，王麻子剪刀常常供不应求，但因资金缺乏，而仅有的几个人劳动积极性也不高，大大影响了王麻子刀剪铺的发展。

公私合营后，随着人数的增加和劳动积极性的提高，王麻子剪刀的生产效率大大提高，为企业的发展提供了重要保障。

公私合营后，刀厂的资本实力强了，他们再也不用像以前一样为资本发愁了，销路也好了，王麻子剪刀生产出来后，很多都由国营商店进行销售，再也不用担心受不法商户盘剥了。

而重要的是工厂经过几次重大技术改革，很多只凭手工操作的工作，改为机器化或半机器化，产品质量和数量都有很大提高。

王麻子刀剪铺公私合营成功，对北京的个体手工业者产生了很大鼓舞。

很快，北京的布帛、副业产品、铁业等行业的小商户也都纷纷要求加入合作社。

各地手工业者积极入社的态度，大大提高了对个体手工业改造的速度。

中央解决改造过程中出现的问题

1953年11月20日,中华全国合作社联合总社召开了第三次全国手工业生产合作会议。

会议提出:手工业合作组织必须根据生产需要和手工劳动群众的觉悟程度,采用群众所能接受的形式,由群众自愿地组织起来,坚持"积极领导,稳步前进"的方针。

在会上,朱德代表党中央到会,作了题为《把手工业者组织起来,走社会主义道路》的讲话。

朱德指出:

把个体手工业者组织起来,应该从实际出发,采取灵活多样的形式,由小到大,由低级到高级,绝对不要规定一个格式,那样会妨碍或限制合作社的发展。

刘少奇也两次听取了会议的汇报,并就手工业合作化的一系列问题发表了意见。

1954年6月,中共中央批准了这次会议的报告,并发布了加强对手工业工作的领导的指示。

指示指出:

> 为实现国家的社会主义工业化，应首先集中力量发展重工业，同时也必须相应地发展轻工业、地方工业和手工业，以补充国营工业的不足，满足广大人民群众日益增长的需要。
>
> 各级人民政府应将手工业视为地方工业的一个重要组成部分，迅速设立管理手工业的机构，并帮助手工业合作社逐步建立各级联社。

全国第三次手工业生产合作会议以后，各大区及省市先后召开了手工业工作会议，布置了各地对手工业的社会主义改造工作。

到1954年5月，已有24个省级地区召开了手工业工作会议，研究了各地对手工业实行社会主义改造的方针和具体措施。

为了支援手工业合作化的发展，国营商业和供销合作社、消费合作社通过供销业务，支持和指导手工业合作社生产和销售。国营工业尽力帮助当地手工业合作社提高技术，改进经营管理工作。

1954年，国家将大批清仓呆滞物资，包括报废旧机器、废次钢材、废次木材等，低价拨给手工业合作社，这对帮助手工业合作社进行技术改造，克服原料不足的困难，起了很大的作用。

同时，国家还对手工业合作社采取了减税或免税的优待政策。凡新成立的手工业合作社,营业税可减半交纳一年,所得税减半交纳两年。

对手工业供销生产合作社和供销生产合作小组,以及边远山区和少数民族地区新成立的手工业合作组织,还有比较多的优待。

国家银行还对手工业合作社给予低息贷款,帮助手工业合作社克服资金不足的困难。

1953年至1954年,手工业合作化取得了很大成绩。然而,与此同时,手工业合作化运动也出现了一些新问题。

我国手工业是工业的一部分,手工业的很多行业同大工业之间的供销、协作关系非常密切。同时,手工业又是从事商品性生产的经济,它同当地的农业、商业等各方面存在着错综复杂的联系。

随着全国社会主义建设和改造事业的发展,手工业与大工业、手工业与农副业以及手工业合作社与手工业个体户之间,在供销方面的矛盾日益暴露出来。

不少手工业合作社买不到原料,销不出产品,生产很不正常,个体户的情况尤为严重。

1954年12月,为了促进手工业社会主义改造与农业和资本主义工商业社会主义改造的协调发展,解决手工业与大工业按行业统一安排以及手工业供产销等问题,全国第四次手工业生产合作会议召开。

会议认为,手工业的改造,应该而且必须同国家工业化，同农业、资本主义工商业的社会主义改造密切结合，统筹兼顾。

根据新的情况，会议提出，手工业社会主义改造的方针为：

统筹兼顾，全面安排，积极领导，稳步前进。

1955年5月，党中央批准了这次会议的报告，并要求各地、各部门特别是地方工业部门在对各种经济类型工业进行统筹安排时，必须将对手工业的安排与改造同时予以考虑；手工业部门的各种计划，首先是供产销计划，要逐步纳入地方工业的计划之内，以便通过计划平衡，贯彻对手工业统筹兼顾，全面安排，积极服务，稳步前进的改造方针。

会后，各地认真贯彻这次会议的精神，在1955年的手工业社会主义改造工作中着重抓了两件事。首先，加强了对手工业情况的调查研究工作。

1954年下半年，由国家统计局主持和组织了1.6万多名干部进行了手工业的调查工作。

1955年又在这一基础上对全国手工业进行了一次排队工作，并重点摸清了铁业、木器、棉织、针织等九个行业的情况，为国家统一安排手工业行业改造以及确定重点发展行业、限制发展行业、逐步淘汰的行业提供了依据。

其次，为了维持手工业生产的供、产、销平衡，各地手工业合作联社采取多种办法，解决材料供应困难，如利用国家的呆滞物资、大工厂的废品废料，采用各种原料代用品，开辟原料的新来源等。

为此，不少地区还成立了有工业、手工业、商业等有关部门参加的加工订货委员会，以解决个体手工业生产的销路问题。

中央采取的这些举措及时解决了个体手工业者面临的难题，恢复了个体手工业者对加入合作社的信心，有力地推动了个体手工业改造的完成。

中央调整改造政策

1955 年下半年，随着农业合作化进程的加快，党中央召开了工作会议，对把资本主义工商业的社会主义改造引向高潮作了部署。

在这种情况下，手工业改造的步伐也加快了。

1955 年 11 月 29 日，中央手工业管理局、全国手工业生产合作社联合总社筹备委员会发出《关于对手工业社会主义改造工作进行全面规划的通知》。

"通知"指出，当前存在的主要问题是对手工业合作化运动的领导远远落后于实际，要求加强领导，加快手工业合作化的步伐，并对 1956 年、1957 年和"二五"期间手工业生产合作社发展速度指标提出了具体要求。

12 月 21 日到 28 日，上述两机构又召开了第五次全国手工业生产合作会议，着重批判怕背包袱而不敢加快手工业合作化步伐的思想。

会后，中央在批转第五次手工业生产合作会议报告的批语中指出：

> 加快手工业合作化的发展速度，是当前一项迫切的任务。

在此背景下，手工业改造的高潮很快到来了。

然而，急于求成、盲目集中，给个体手工业的改造带来了一些问题。

在当时，河北石家庄市将88个社合并为31个社，其中人数最多的社社员达1400人。广东省有的综合社包括14个行业，有的跨地区的社纵横达30公里。

四川省眉山县五金社把13个乡的煤炉、制秤、自行车、钟表修理等行业组织在一起，发一次工资骑自行车要走7天。

上海修理自行车行业原有1808个服务点，改造高潮一开始，就撤掉了450个。

沈阳北市区原有103户个体服装店，改造高潮时组成一个缝纫合作社，只设10个门市部。有些特种手工艺，比如雕刻也组成合作社，每周开会一次，进货是统一的，销路也是统一的。

哈尔滨市将原生产小五金产品的3个社合并后，只生产几种大家会做的产品，而电气开关、裤钩、裤别子等产品都不再生产了，原有100多种的头发卡，高潮后只剩下了30多种。

黑龙江省穆棱县钟表修理、刻字是一个合作社，有一个服务点与社相距60公里，主任去检查工作还要乘火车去。

南宁市修理行业撤点并大社后，亭子镇群众的自行车坏了要用船运到南宁市去修理。

如此这般地盲目集中，一律合作，统一经营，统一核算，必然要带来一系列的问题。

由于在改造高潮中集中合并过多，使一些产品减少，留了很多"空白点"，于是自发的手工工场和手工业户乘虚而入，应运而生。

1956年底，上海市手工业自发户达到4236户，从业人员1.4万人，从事90多种行业的生产。这就是引起社会关注的所谓"地下工厂"问题。

党中央从发动手工业改造高潮开始，就估计到可能会出现一些问题。因此，中央一边发动改造高潮，一边提醒各地注意防止出现偏差。

1955年12月，刘少奇听取汇报时，在批评对手工业改造不积极的同时，强调指出：

> 对集中还是分散要小心。集中生产与分散生产是个重要问题，应很好研究。分散的、个人的、修修补补的、磨剪的、修农具的，无论如何不能摘掉。零星的不能减少，而且要加多。分散流动，生产上门是个好特点，要维持，要保持。花色品种要注意。搞社会主义，不能把这些东西搞掉，要把手工业品搞得更复杂，更多样，好的发扬提高。

1956年1月10日，刘少奇在接见南斯拉夫新闻工作者代表团时又指出:"特种手工艺品不组织合并,怕合并以后,将来人民会感到不方便,特种手工艺品质量会下降。"

2月8日,周恩来在国务院第二十四次全体会议讨论私营工商业和手工业的社会主义改造工作时也指出:

> 不要光看到热火朝天的一面。热火朝天很好,但应小心谨慎。要多勤快,还要好和省,要有利于提高劳动效率。现在有点急躁苗头,这需要注意。社会主义积极性不可损害,但超过现实可能和没有根据的事,不要乱提,不要乱加快,否则就很危险。

在周恩来的主持下,国务院于2月11日公布了《关于目前私营工商业和手工业的社会主义改造中若干事项的决定》,规定:

> 所有手工业合作社在批准成立后,一律照旧经营,半年不动。参加合作社的个体手工业户,必须保持他们原有的供销关系,不要过早过急地集中生产和统一经营。在手工业社会主义改造中,必须保持产品质量和经营品种,对于已降低的产品和已经减少的经营品,必须迅速恢复。

3月4日，毛泽东听取手工业管理局负责人汇报时，听说修理和服务行业集中生产，撤点过多，群众不满意。

毛泽东说：

> 提醒你们，手工业中许多好东西，不要搞掉了。王麻子、张小泉的剪刀一万年也不要搞掉。我们民族好的东西，搞掉了的，一定都要来一个恢复，而且要搞得更好一些。

当听说北京东来顺的涮羊肉已失去原有的特色时，毛泽东说："'社会主义'的羊肉应该比'资本主义'的羊肉更好吃。"

谈到对集中过多的问题怎么解决时，毛泽东还微笑着说："天下大势，分久必合，合久必分。"

根据中央的指示精神，从1956年下半年到1957年上半年，全国手工业生产合作社联合总社筹委会，曾先后3次召开全国手工业改造工作会议，集中地研究和解决上述问题。

在中央指示精神和这几次会议确定的原则措施指引下，各地对手工业合作社展开了调整、整顿工作，认真处理个体手工业合作化后期出现的集中和分散的问题。

在当时，各地大体上是按照各行业的特点和具体条件，从有利于生产、为居民服务和不影响社员收入的原则出发，来确定生产和经营的集中或分散的程度。

对于某些产品规格单一，能够批量生产，主要是接受工商部门加工订货，或者内部分工较细，协作关系密切，能够逐步采用机器生产的合作社，适当实行集中生产，统一供销，统一计算盈亏。

那些产品直接同消费者见面的合作社，或以门市灵活加工为主的修理服务性合作社，则允许以小组为单位进行生产，有些小组也可自购自销，自负盈亏。

对于那些分散在家生产，而又接受商业部门加工订货的，如刺绣、编织等，则允许其分散生产，统一供销，统一计算盈亏。

有些串街游乡、流动修理服务的行业，则采取统一领导，分户生产，自购自销，各负盈亏的形式。

总之，就是要通过对现有合作社、组的分类排队，全面规划，调整整顿，基本上达到产量增加，质量提高，社员满意，群众欢迎的目的。

以上重大政策实行以后，个体手工业户很快就有了明显的增加。

到1956年9月，广州市5个月内，个体手工业从业人员增加1100多人。武汉市9月份个体手工业从业人员由原来的2000人猛增到8000人。

接着，《人民日报》发表题为《怎样对待手工业个体户》的社论。

针对有些人听说个体户增加就惊呼"资本主义自发

势力又要泛滥了",担心妨碍合作社的巩固和发展等思想,社论明确指出:

> 在合作化高潮以后,手工业个体户的发展是并不奇怪的。原因是,我国人口众多,对工业品和服务性行业的需要量很大,而且这种需要量年年在增长着。仅靠现代工业和现有的合作社无论在产品数量或者品种方面,一时都不可能充分满足需要。随着社会需要的日益增大,那些作为农业的副业而存在着的手工业,不仅现在,而且将来还会逐渐从农民中分化出来,变为专业的手工业者。在少数失业或无业的城市居民当中,有一些人不仅现在,而且在将来也还会变为手工业者。

中央的一系列调整举措使广大的手工业者心情舒畅,劳动生产积极性大为提高。1956、1957两年内,手工业产品的生产有大幅度的提高。仅1956年,手工业合作社产值达到了376亿元,提前一年完成了"一五"计划指标,人均产值1702元,比1955年提高了33.5%。

个体手工业合作化后期的这些调整是必要的,也是成功的,它为对个体工商业改造再次指明了道路。

个体手工业改造完成

1956年初,第五次全国手工业生产合作会议刚刚结束,中国的农业、资本主义工商业和手工业社会主义改造汹涌澎湃,掀起了一个又一个高潮。

这个高潮首先在首都北京涌起了第一个巨浪。

此时,北京在郊区各县农业合作化高潮的带动下,工商业者1月1日上街游行,首先提出实现全行业公私合营的申请。

从1日到10日,全市各区的个体手工业者,有的挂起"迎接合作化"的大标语,要求入社;有的自动串联,酝酿建社;有的成群结队,申请报名入社。轰轰烈烈的群众运动,势不可当。

1月11日、12日,全市10个区和近郊区29个行业的手工业者分别集会,庆祝全行业实现了合作化。

此时,广大手工业者要求组织起来走社会主义道路的情绪空前高涨。全市手工业者连日到各区工商科、区手工业生产合作社办事处以及区手工业劳动者协会去,要求组织起来和询问组织办法的络绎不绝,有的集体排队要求组织合作社。

11、12两日,北京市共有5.38万多个手工业者参加了各种不同形式的手工业生产合作社,加上在此以前已入社的 3.6 万多个手工业者，全市手工业者已全部实现合作化。

这是在全国社会主义改造高潮中，继我国首都资本主义工商业实行全部公私合营以后的又一个伟大的胜利。

1 月 15 日，在天安门广场举行的全市庆祝社会主义改造胜利大会上，北京市手工业合作社社员徐淑芹代表全市手工业者登上天安门城楼，向毛泽东、刘少奇、周恩来、朱德等党和国家领导人呈交了北京市手工业实现全行业合作化的报喜信。

敬爱的毛主席：

在庆祝农业合作化高潮和庆祝资本主义工商业公私合营喜气冲天的时候，我们手工业合作化的高潮也来了。我们听到政府按行业批准所有申请入社的手工业者入社的消息，喜欢得跳了起来，互相道喜。在 11、12 日两天里，共有 5 万多人被批准入社，现在我们新老社员，已经有 9 万人。

我们向您报告这个大喜事。我们早就盼望的日子已经实现了。我们的党和毛主席给我们指出了光明幸福的大道，从此我们将过着幸福美好的生活，我们从心眼里感谢党和毛主席的正确领导。我们一定跟着党和毛主席走，努力建设好我们伟大的祖国。

北京市手工业合作社全体社员
1956 年 1 月 15 日

首都手工业者这种迫切要求走社会主义道路的积极行动,将成为推动全国进一步开展对手工业的社会主义改造工作的巨大力量。全国人民衷心地祝贺首都手工业者这一先进的行动。

与此同时,在安徽省会合肥,也举行了盛大的入社庆典。

1 月 18 日下午,合肥市各界人民两万多人,举行联欢大会,庆祝合肥市社会主义改造的伟大胜利。

此时,合肥市的私营工商业已经完成了以公私合营为主要形式的社会主义改造,全市的个体手工业也全部实行合作化,郊区有 96% 以上的农户参加了完全社会主义性质的高级农业生产合作社。

中共安徽省委副书记、安徽省副省长李世农和合肥市党、政负责人出席了联欢大会。

会上,公私合营企业的职工、店员、原资本家的代表,手工业生产合作社和农业生产合作社的社员代表分别向出席会议的领导同志送了喜报。

在会场上,工人、农民、学生和文艺工作者表演了花鼓、高跷、旱船、狮子舞等文娱节目。

入夜,全市公私合营企业的工人、店员、资本家和手工业生产合作社的社员约 3000 人，在逍遥津公园举行游园联欢。

1 月 30 日，全国手工业生产合作社联合总社筹委会在政协二届二次会议开幕式上，代表全国手工业合作社、组员向中共中央呈交了报喜信。

接着，全国各大城市纷纷学习北京市的经验，改变了原来以区为单位，按行业分期分批分片改造的办法，而采取全市按行业全部组织起来的办法。

不久，天津、南京、上海、武汉等城市也都实现了手工业合作化。

到 1956 年 6 月底，全国组织起来的手工业者已占手工业者总数的 90%。同年底，全国合作化手工业社、组已发展到 10 万多个。从全国范围来看，组织起来的手工业合作社、组员则达到了 509 万人，占全部手工业人员的 92%。

至此，我国个体手工业由个体经济到集体经济的转变基本完成。

三大改造中的最后一项任务也胜利完成了！

从此，我国生产资料所有制的社会主义改造在 1956 年这一年里取得了决定性的胜利。

农民、手工业者劳动群众个体所有的私有制，基本上转变成为劳动群众集体所有的公有制，资本家所有的资本主义私有制基本上转变成为国家所有的公有制。

在我国国民经济中，这两种形式的社会主义公有制已经居于绝对统治的地位。反映到国民收入的结构上，1956年同1952年相比，各种公有制经济在国民经济的比重达到了90%以上。社会主义经济制度在我国已经建立起来。

三大改造的胜利，是中华人民共和国成立之后，我们国家和党的历史上的一个重要里程碑，是我国社会几千年来最伟大、最深刻的变革。

三大改造的胜利，为我国社会主义的迅速发展开辟了广阔的道路，为我们伟大祖国的繁荣富强奠定了坚实的基础。

从此，中国的历史翻开了新的一页！

本书主要参考资料

《国史全鉴》 本书编委会编 团结出版社

《刘少奇在建国后的 20 年》 鲁彤 冯来刚著 辽宁人民出版社

《共和国五十年珍贵档案》 中央档案馆编 中国档案出版社

《共和国经济风云》 赵士刚主编 经济管理出版社

《华夏金秋》 柏福临主编 吉林大学出版社

《中国现代史资料选辑》 彭明主编 中国人民大学出版社

《共和国开国岁月》 张国星 何明著 中共党史出版社

《风云七十年》 郭德宏主编 解放军文艺出版社

《陈云传》 金冲及 陈群著 中央文献出版社

《中南海三代领导集体与共和国经济实录》 王瑞璞主编 中国经济出版社

《若干重大决策与事件的回顾》 薄一波著 中共中央党校出版社

《共和国经济风云中的陈云》 孙业礼 熊亮华著 中央文献出版社

《中国资本主义工商业的社会主义改造（北京卷）》 北京卷编辑组编 中共党史出版社